Ludwig Thoma

Agricola - Bauerngeschichten

Ludwig Thoma

Agricola - Bauerngeschichten

ISBN/EAN: 9783743643147

Hergestellt in Europa, USA, Kanada, Australien, Japan

Cover: Foto ©Andreas Hilbeck / pixelio.de

Weitere Bücher finden Sie auf **www.hansebooks.com**

AGRICOLA.

BAVERNGESCHICHTEN ERZAEHLT
VON DR. LVDWIG THOMA
MIT ZEICHNVNGEN VON
ADOLF HOELZEL
VND BRVNO PAVL

CLICHES VON HAMBÖCK & Co.

VERLAG DER
M. WALDBAVERSCHEN
BVCH=HANDLVNG
PASSAV 1897

Inhalt.

Einleitung	5
Agricola	8
Die Eigenthumsfanatiker	13
Der Hofbauer	23
Kirta!	30
Solide Köpfe	36
Der Wilderer	41
Der Rauchklub	49
Die Fahnenweihe	55
Vorbereitung	55
Das Fest	64
Der Heiratsvermittler	82
Die Richter	86
Monika	97
Der Bader	104
Die Wallfahrt	112
Der Truderer	115
Das Sterben	121

Einige der Erzählungen sind im „Sammler" der Augsburger Abendzeitung erschienen.

Einleitung.

Ich will Dich in das kleine Dorf führen, wo diese Geschichten spielen. Du bist schon dort gewesen oder doch daran vorbeigefahren, aber Du hast nicht Acht darauf gehabt.

Denn wer die Gegend nur flüchtig sieht, mag sie wohl für reizlos halten; da eine Wiese, dort ein Feld, in weiter Ferne vielleicht ein Wald, aber immer das Nämliche und nichts Großartiges, was den Blick fesselt oder den Wunsch aufkommen läßt, anzuhalten und länger zu bleiben. Ja vielleicht hast Du im Geheimen die Leute bemitleidet, die nicht wie Du im schnellen Fluge durch diese Gegenden eilen dürfen, sondern darin bleiben müssen, viele Wochen und Jahre, ihr ganzes Leben lang.

Aber steig nur aus und geh' mit mir dort auf den Hügel hinauf. Vielleicht findest Du Manches, was Dir gefallen mag und vielleicht nimmst Du auch Antheil an Denen, die hier ihre Freude suchen und ihre Arbeit thun.

So weit Dein Blick reicht, wölbt sich ein Hügel hinter dem andern, alle bedeckt mit reichem Gottessegen, weit hinten verlieren sich die dunkelgelben Aehren im blauen Himmel. Nun beugen sie sich im leichten Winde und wiegen sich hin und her. Da kommen tiefe Schatten in das helle Gold und es sieht so aus, als läge ein wogendes Meer zu Deinen Füßen.

Und schau nur hin: als wüchs er aus den Garben heraus, lugt dort ein Kirchthurm vor.

Wenn Du scharfe Augen hast, kannst Du sehen, wie daneben ein leichter Rauch in der Luft verflüchtigt.

Das gibt uns anheimelnd Kunde, daß in der stillen Einsamkeit Menschen für ihr tägliches Brod sorgen.

Nun schreiten wir tüchtig aus und gehen darauf zu; an einem Weiher vorbei, in dem sich die gelben Halme und der Himmel darüber spiegeln, den Bach entlang, der sich bald in den Wiesen versteckt, bald lustig über glitzernde Kieselsteine plätschert bis wir am Eingange des Dorfes stehen.

Da liegen nun die kleinen Häuser in helles Licht getaucht vor uns, und es mag Dich ein eigenes friedliches Gefühl überkommen, wenn Du denkst, daß auf dem kleinen, weltverlorenen Flecke Menschen ihr Leben zubringen, just so, wie es ihre Eltern und Ureltern thaten.

Hier das sauber geweißte Schulhaus, drüben das stattliche Wirthsanwesen mit dem großen Hofe und dem lustig aufgeputzten Maibaume darin, weiter nach vorne auf einer Erhöhung die Kirche und der stille Friedhof.

Das ist die Welt.

Wünsche und Hoffnungen, Freud' und Leid' sind in den engen Raum gebannt; da spielen sie als Kinder und wachsen heran, da kämpfen sie mit der Sorge und werden alt.

Und wenn sie den Weg von der Schule zum Friedhof zurückgelegt haben, ist ihnen so viel geschehen, wie Denen, welche draußen in der Welt haffen und lieben.

Meinst Du nicht, daß es sich verlohnen könnte, das kleine Leben kennen zu lernen?

Die Vorrede ist fast zu ernst für ein Buch, das lustig sein will.

Aber ich will im Nachstehenden dieses Leben schildern, und wenn ich dabei, so gut und schlecht es ging, den heiteren Ton anschlug, so hat mich die Meinung dazu gebracht, daß man die Sorgen der Werkeltage am besten trifft, wenn man sie mit Humor behandelt.

Ob es mir gelungen ist, weiß ich nicht. Doch das eine kann ich versichern, daß mir bei dem Streben, wahr zu sein, die Absicht ferne gelegen hat, Jemanden zu verspotten.

Agricola.

Frei nach Tacitus „Germania".

Vor beinahe 1800 Jahren hat der berühmteste aller Geschichtschreiber mit vielem Wohlwollen und ehrlicher Bewunderung unsere Vorfahren geschildert. Da es eine schöne und für die Nachwelt so werthvolle Aufgabe ist, situs gentium describere, Land und Leute zu beschreiben, so will ich versuchen, Sitten und Gebräuche der Nachkommen zu zeichnen. Aber nicht derer, welche untreu germanischer Sitte Städte bewohnen, sondern derer, welche ferne von ihnen die Felder bebauen. Daher auch der Titel der Schrift.

Die Ebene Germaniens vom Donaustrome bis zu den Alpen bewohnen die Bajuvaren. Ich halte sie für Ureinwohner dieses Landes, für „selbstgezügelte", wie sie in ihrer Sprache sich heißen. Fremden Einwanderern ist es schwer, sich mit ihnen zu vermischen. Gewiß ist, daß sie nie mit den Autochthonen verwechselt werden können.

Da sich dieses germanische Volk nicht durch Eheverbindungen mit fremden Nationen vermischt, bildet es einen eigenen, sich selbst gleichen Stamm. Daher auch der nämliche Körperbau bei dieser zahlreichen Menschenmasse, dieselben ungewöhnlich ausgebildeten Hände und Füße, dieselbe harte, widerstandsfähige Kopfbildung. Wie die Vorfahren, sind sie zu stürmischem Angriff tauglich und gerne bereit. Für Strapazen und Mühseligkeiten haben sie große Ausdauer, nur Durst können sie nicht ertragen.

Das Land ist verschieden gestaltet. Wälder wechseln mit Getreidefeldern, Höhenzüge mit großen Ebenen. In der Nähe der größten Ansiedlung erstreckt sich ein großes Moos; hier hat sich der Stamm am reinsten erhalten.

Die Bajuvaren haben viel Getreide und Vieh; doch herrscht über den Werth dieser Dinge jetzt großer Streit. Das Geld haben sie schätzen gelernt. Sie lieben nicht nur die alten, längst bekannten Sorten, sondern auch sämmtliche neue. Das Hausgeräthe ist einfach. Besonders an den Gefäßen schätzen sie den Umfang höher, als kunstfertige Arbeit.

Waffen. Kriegswesen. Waffen hat dieses Volk vielerlei; doch wird auch hierin mehr auf Tauglichkeit als Schönheit gesehen. Sehr verbreitet ist die kurze Stoßwaffe, welche jeder Mannbare in einer Falte der Kleidung trägt; ihr Gebrauch ist aber nicht freigegeben, vielmehr sucht die herrschende Obrigkeit in den Besitz derselben zu gelangen. In diesem Falle ersetzt sie der Volksgenosse stets durch eine neue.

Als Wurfgeschoß dient ein irdener Krug mit Henkel, der ihn auch zum Hiebe tauglich erscheinen läßt. An ihren Zusammenkunftsorten sucht bei ausbrechendem Kampfe Jeder möglichst viele dieser Gefäße zu ergreifen und schleudert sie dann ungemein weit. Die meisten Bajuvaren führen eine Art Speere oder in ihrer Sprache Heimtreiber aus dem heimischen Haselnußholze, ohne Spitze, biegsam und für den Gebrauch sehr handlich. Wo diese Waffen fehlen, sucht Jeder solche, die ihm der Zufall bietet. Ja, es werden zu diesem Zwecke sogar die Hausgeräthe, wie Tische und Bänke, ihrer Stützen beraubt. Beliebt sind auch die Bestandtheile der Gartenumfriedung. Vor dem Beginne des Kampfes wird der Schlachtgesang erhoben. Es ist nicht als ob Menschenkehlen, sondern der Kriegsgeist also sänge. Sie suchen hauptsächlich wilde Töne zu erzielen und schließen die Augen, als ob sie dadurch den Schall verstärken könnten. Sie kämpfen ohne überlegten Schlachtenplan; Jeder an dem Platze, welchen er einnimmt. Der Schilde bedienen sie sich nicht. Als natürlicher Schutz gilt das Haupt, welches dem Angriffe des Feindes widersteht und den übrigen Körper schirmt. Manche bedienen sich desselben sogar zum Angriffe, wenn die übrigen Waffen versagen.

Der vornehmste Sporn zur Tapferkeit ist häufig die Anwesenheit der Familien und Sippschaften. Diese weilen in nächster Nähe ihrer Theuern und feuern sie mit ermunterndem Zurufe an. Die Schlacht beendet meist der Besitzer des Kampfplatzes, der hierzu eine auserlesene Schaar befehligt.

Lebensweise im Frieden. Wenn sie nicht in den Krieg ziehen, kommen sie zu geselligen Trinkgelagen zusammen. Auch hier pflegen sie des Gesanges, der sich aber von dem Schlachtgeschrei wenig unterscheidet. Tag und Nacht durchzuzechen, gilt keinem als Schande. Versöhnung von Feinden, Abschluß von Eheverbindungen, der beliebte Tauschhandel mit Vieh und sogar die Wahl der Häuptlinge wird meist beim Becher berathen. Selten spricht Einer allein, häufig alle zusammen.

Jeder legt ohne Rückhalt seine Meinung bar und hält daran fest. Bei Verschiedenheit der Meinungen obsiegt der mächtige Schall der Stimme, nicht die Kraft der Gründe. Am meisten liebt dieses einfache Volk die unbefangenen Scherze. Auch den anderen ist es nicht abgeneigt.

Der männlichen Jugend gilt als das höchste Fest die Wehrhaftmachung. Diese findet in den größeren Ansiedlungen statt, wo die Jünglinge in die Liste der Krieger eingetragen werden. Zu diesem Feste schmückt Jeder die Kopfbedeckung mit wildem Gefieder. Die Gefolgschaft eines jeden Dorfes zieht dann mit furchterregendem Geschrei in die Stadt ein. Eine eigenartige Musik begleitet sie. Das Fest endet mit größeren Kämpfen. Denn ein stilles Leben liebt diese Nation nicht. Das Getränke der Bajuvaren ist ein brauner Saft aus Gerste und Hopfen. Häufig beklagen sie den schlechten Geschmack, niemals enthalten sie sich des Genusses. Ihre Kost ist einfach. Aus Mehl zubereitete Speisen nehmen sie in runder Form zu sich; die geringe Nährkraft ersetzen sie durch die große Menge. An einigen Tagen des Jahres essen sie geräuchertes Fleisch von Schweinen und beweisen hiebei geringe Mäßigkeit.

Prunkvolle Kleider tragen sie nicht. Auch sehen sie nicht darauf, daß diese die Formen schöner erscheinen lassen. Das Oberkleid des Mannes ist kurz und mit Münzen geziert. Das Unterkleid dagegen ist sehr lang, eng anliegend und reicht bis an die Mitte der Brust. Meist ist es aus Leder gefertigt, schützt gegen Hitze und Kälte und ist dem Luftzuge unzugänglich. Das Kleid des Weibes besteht in übereinandergelegten Säcken und läßt über die Schönheit der Körperbildung im Unklaren. So wenig wie auf die äußere Schmückung legt dieses Volk auf die sonstige Pflege des Körpers übergroßes Gewicht. Bäder werden als weichlich verachtet. Die Seife ist selten. Der Gebrauch der Zahnbürste unbekannt.

Das Weib. Unähnlich hierin den Vorfahren, achtet dieses Volk den Rath der Weiber nicht und glaubt nicht an deren göttliches Wesen. Ihren Aussprüchen horchen sie nur ungern. Doch fehlt nicht alle Verehrung des Weibes. Zu den geselligen

Zusammenkünften haben die Weiber Zutritt; ja sie dürfen sogar mit den Männern aus einem Gefäße trinken. In dieser Gastfreundschaft herrscht eifriger Wettstreit. Auch tanzen die Jünglinge, welchen dies eine Lustbarkeit ist, mit ihnen umher. Bei dieser Uebung beweisen sie mehr Fertigkeit als Anmuth.

    Eigenthümlich ist die Art, wie sie sich zum Tanze paaren, sie beweist die Oberherrschaft des Mannes. Der Jüngling, welcher eine Stammesjungfrau gewählt hat, stößt einen grellen Pfiff aus und winkt ihr befehlend mit der Hand. Häufig hört man auch bei diesen Lustbarkeiten plötzlich den Kriegsruf ertönen. Den Weibern gilt es als ehrenvoll, wenn um ihretwillen der Kampf entbrennt. So ist auch die Werbung um sie oft mit Gefahren verknüpft. Haß der anderen, nächtlicher Ueberfall und Heimscheitelung bedrohen den Jüngling, welcher einer Volksgenossin zu Liebe die Gehöfte aufsucht und Mauern erklettert.

    Das ist's, was ich im Allgemeinen von dieses Germanenvolkes Sitten erfahren habe.

Die Eigenthumsfanatiker.

Kraglfing, das der geneigte Leser vielleicht von früher her kennt, liegt zwischen Huglfing und Zeidelhaching. Wenn in Berlin oder in Wien ein großes Ereigniß geschieht, so erfährt es der Gouverneur in Sidney um zwei Tage früher als der Bürgermeister in Kraglfing, obwohl es diesen gerade so interessirt, denn er ist ein scharfer Politiker. Das macht: Kraglfing liegt fünfthalbe Stund entfernt von der nächsten Poststation, und wenn es recht stürmt oder der Botenseppl den Reißmathias kriegt, dann ist der diplomatische Verkehr aus und gar. So weit ab von der Welt liegt das Dörfel, daß die Schulkinder im nächsten Bezirksamt alle mit einander wissen, wo Hongkong oder Peking liegt, aber keines weiß, wo etwan Kraglfing auf der Landkarte zu finden ist. Wenn nicht der Geschäftsreisende alle halb Jahr einmal den Kramerlenz aufsuchen thät, dann käm wohl nie ein fremdes Gesicht in das Dorf. Denn als Luftkurort ist es noch nicht entdeckt und ein Bad ist es vorläufig auch noch nicht.

Da ist es schon eine rechte Freud und eine schöne Abwechslung in der abgeschiedenen Gegend, wenn eine Gerichtskommission herauskommt. Man kann sagen, was man will: eine Predigt ist und bleibt eine Predigt. Und je schärfer als sie ist, desto schöner ist sie; es läßt sich hernach beim Unterwirth ein vernünftiger Disputat darüber führen, besonders wenn Einer den Pfarrer so gut nachmachen kann wie der Schlaunzentoni.

.. Aber ein Prozeß! Das ist schon noch viel etwas Schöneres! Wenn so ein Advokat recht habisch ist und ein gutes Maulwerk hat, wenn er keinem Recht läßt, nicht einmal Gnaden dem Herrn Landrichter, und das Hinterste vorn und das Vorderste hint daher bringt, alle

Wörter so schön setzt und lateinisch red't, daß man meint, es geht heillicht nicht anders, er muß Recht kriegen, das ist schon feiner, als wie ein Theater.

Und dann kommt der Andere! Jetzt ist die ganze Geschicht verdreht, jetzt schaut es sich wieder anders an; alles ist nichts, was der Andere gesagt hat und hat er zwei lateinische Sprüchel aufsagen können, weiß Der gleich drei, und grad spöttisch macht er sich über den Andern, daß man's mit Händen greifen kann, wie

er Unrecht gehabt hat — bis der andere wieder selber an die Reih' kommt und sein Gesangl anfangt. So geht es hinum und herum, bis dem armen Bauernmenschen das Crumm aus- und der Prozeß im Kopf herumgeht wie ein Karouffel, daß er nicht mehr weiß, hott oder wißt, gewinnt er jetzt oder verspielt er.

Darum also, wie gesagt, es steht nichts auf über einen Prozeß; und wenn es nicht Gottlob so wie so alle Winter in Kraglfing einen geben thät, müßt' der Unterwirth für seine Gäst' ein Uebriges thun und einen anfangen. Für heuer ist schon gesorgt, denn der Ranftlmoser hat den Scheiblhuber eingeklagt. Der Ranftlmoser hat auf dem Guggenbichel einen Acker; gleich daneben hat der Scheiblhuber einen. Zwischen

den zwei Aeckern ist ein Rain, daß jeder beim Umpflügen wenden kann. Der Rain ist alle Jahr kleiner worden; einmal pflügt der Ranftlmoser ein kleines Zipferl weg, das andere Mal der Scheiblhuber, so daß ein rechtschaffener Bauerntrittling schier keinen Platz mehr gehabt hat.

Da ist der Ranftlmoser hergegangen, hat in den Rain einen Pflock eingeschlagen und einen Ausspruch gethan, daß der Scheiblhuber um keinen Zoll weiter mehr gegen ihn pflügen darf. Der Scheiblhuber meint, so mir nichts dir nichts laßt er sich kein „March" (Feldmarke) hinsetzen, reißt den Pflock heraus und pflügt justament mit Fleiß gleich wieder ein paar Zoll von dem Rain weg.

Jetzt geht es natürlich nicht mehr anders, jetzt muß advokatisch geklagt werden. Und wer das nicht glaubt, der soll nur nach Kraglfing gehen und bei den Bauern anfragen, ob nur ein Einziger da ist, der es anders sagt. Also steht der Ranftlmoser an einem schönen Frühlingstag in der Früh um 4 Uhr auf, legt das schöne Gewand an und marschirt mit seinen nagelneuen Glanzstiefeln in den thaufrischen Morgen hinaus.

Die Sternlein stehen noch am Himmel und der Mond schaut silbern über den Zeidelhachinger Forst herüber; die Vogerl aber, welche schon das Singen anheben und ein feiner, rother Streifen im Osten deuten den nahen Morgen an. Der Ranftlmoser freilich sieht und hört von dem nichts, er ist in Gedanken versunken und knarzt mit seinen neuen Stiefeln tapfer fürbaß. Blos am Guggenbichl steht er eine kleine Weile still und lacht so recht fein pfiffig. „Wart Lump, dir reib ich's ein."

Indem stoßt er auf einen mentisch großen Stein und weil die Bründelwiesen vom Scheiblhuber gerade so schön bei der Hand liegt, schmeißt er ihn hinein. Dann geht er wieder weiter, einen Schritt vor den andern stundenlang. Die Sonne ist schon heroben, und steigt alleweil höher und höher. Bald links, bald rechts taucht ein Kirchthurm auf und der Morgenwind tragt die Glockentöne herüber, die zur Frühmesse einladen. Der Ranftlmoser achtet es nicht. In den Wiesen stehen die Bauernleut und rufen den Landsmann an. Der Ranftlmoser hat keine Zeit zum Antwort geben. Nicht einmal zum Einkehren, wenn ihn auch der Oberwirth in Zoldelfing noch so schön einladet. Hilft nichts; unterwegs ist er im Gehen das

Stückel Brod, was ihm die Bäurin mitgegeben hat; und so steht er richtig Schlag 11 Uhr an der Kanzleithüre beim Herrn Advokaten.

„Ah, der Ranftlmoser! Freut mich, wieder einmal das Vergnügen zu haben? Was führt Sie so weit her?"

Und jetzt erzählt er sein Leid dem Herrn, der ihm freundlich zuhört. Was der Scheiblhuber überhaupts für ein schlechter Kerl ist, der niemals kein Ruh nicht gibt, und wie er es ihm schon so oft gemacht hat, wie er in seinen Grund hineinpflügt und wie er zu guterletzt das March herausgerissen hat. Muß er sich das gefallen lassen? Und gibt es kein Recht gar nicht mehr? Das muß er wissen, da hat er einen festen Bestand darauf und wenn es noch so viel kosten thät.

Der Advokat schüttelt bedächtig den Kopf und meint, es sei so eine Sache. Jedenfalls kommt es auf den Augenschein an, — aber umsonst fahrt man nicht nach Kraglfing hinaus, so schön es auch dort ist. Zunächst gehört einmal ein Vorschuß her, so einhundert Mark, bis die Maschin im Gehen ist.

Hundert Mark? Die zahlt der Ranftlmoser gern. Er zieht aus irgend einer Gegend seiner ledernen Umhüllung ein rothes Schneuztüchel und breitet es auf den Schreibtisch hin. Dann knöpfelt er bedächtig die Zipfel auf und zieht das untere Ende eines blauwollenen Strumpfes herfür. 34 harte Thaler zählt er auf, einen nach dem andern, und keiner reut ihn; die zwei Mark, welche er herauskriegt, steckt er in die Giletleiblwestentasche.

„Ranftlmoser," sagt der Advokat, und klopft ihm auf die Schulter, „Ranftlmoser, jetzt hat's was. Das gibt eine Klage auf Besitzstörung, wegen turbatione possessionis, wenn wir's nicht gleich gar mit dem interdictum unde vi anpacken".

Da zieht's dem Ranftlmoser das Maul auseinander, daß ihm beinahe die Ohrwaschel hineinfallen vor lauter Vergnügen. „Ist nicht leicht scharf genug," meint er, „Herr Advikat, ist nicht leicht scharf genug für den Scheiblhuber. Reiben Sie's ihm nur recht lateinisch hin! Und jetzt adjes, Herr Dokta!"

Damit geht er, und eine solche Freude herrscht in seinem Herzen, daß die Leute auf der Straße es ihm über das Gesicht ansehen und ihm nachblicken. Das ist einmal ein fideler Bauer! Der hat gewiß ein gutes Geschäft gemacht! Beim Pschorrbräu überlegt sich's der Ranftlmoser, ob er nicht hineingehen und sich eine Maß kaufen soll. Aber — sparen muß der Mensch, denkt er, und geht daran vorbei. Er holt sich in einem Schweinmetzgerladen einen halben Kranz gesellchte Würscht und geht wieder tapfer fürbaß auf Kraglfing zu. Unterwegs säbelt er die Geräucherten zusammen und hält verständige Zwiesprach mit sich selbst: wie er vor das Gericht hinstehen wird, wie er den Scheiblhuber ärgern wird.

Auf den Abend um 8 Uhr ist er wieder daheim, und wenn sich die Kraglfinger auf eine Physiognomie verstehen, dann haben sie merken können, daß es beim Ranftlmoser was hat. „Bäurin," sagt der noch, als er steinmüd im Bett liegt, „Bäurin, dem Scheiblhuber hab' ich was ins Wachsel gedruckt. Ich werd' mir's überfinnen, ob ich die Geschicht nicht am End gar noch kriminalisch mach."

Die mehreren Sachen haben zwei Seiten und hinter sich schaut es oft anders aus, als vorn. Umgekehrt ist auch gefahren und zum Raufen gehören allemal zwei, einer, der hinhaut und einer, der herhaut. Beim Prozeſſiren iſt es gerade ſo und darum wollen wir ſchauen, was etwa der Scheiblhuber zu der freundlichen Ueberraſchung ſagt. Er ſitzt auf der Bank vor dem Haus, raucht ein Pfeifel und ſinnirt. Es fällt ihm ein, wie er den Bräumeiſter von Dachau voriges Jahr mit der Gerſten geſchlenkt (angeführt) hat, und den Veiteles in Aichach mit der Kuh, die gleich drei geſetzliche Fehler gehabt hat, und alle ſind zu ſpät entdeckt worden. Da erhellt ein wohlwollendes Lächeln ſeine harten Züge, wie die Romanſchreiber ſagen, und heitere Zufriedenheit glänzt in ſeinen Augen.

Es iſt ein recht friedſames Bild. Er ſchaut an dem Birnbaum hinauf und gibt Acht, was der Staarl für Spitzbubereien macht, wie er ſo ſchlau von dem Aſtl herunterſchaut und dann einen recht lauten Pfiff thut, gerade als wollt er den Scheiblhuber erſchrecken oder die Katz, die alleweil zu ihm hinaufblinzelt. Indem biegt gerade der Briefbot beim Schmied um die Ecke herum; er wird ſchon wieder ein Schreiben an den Bürgermeiſter haben, eine amtliche Zuſtellung, denn die Privatbriefe beſorgt der Botenſeppl und tragt gewiß nicht ſchwer daran.

So ein Bürgermeiſter iſt doch ein geplagter Menſch, denkt der Scheiblhuber; alle Augenblick wird er gefragt wie und wo und muß Red' und Antwort ſtehen für andere Leut. Und wenn der hinterſte Güttler oder Häusler mit Fleiß die Wappelmarken nicht aufpappt, blaſen ſie im Bezirksamt drin dem Bürgermeiſter einen Landler auf. Möcht keiner ſein, der Scheiblhuber.

Aber was iſt denn das? Der Briefbot reibt ſich ja auf ſeinen Hof zu; wüßt nicht warum.

„Grüß Gott, Bauer! Ich hab' eine Zuſtellung für Dich."

„War nit z'wieder! Wirſt doch ſchon irrig ſein, Langlmaier, und den Bürgermeiſter meinen."

Der Briefbot Langlmaier war aber nicht irrig; es iſt kein anderer gemeint geweſen als der Scheiblhuber, der ſich jetzt von der Bäuerin die Brillen bringen läßt, und das Schreiben bedächtig öffnet.

„Klage des Advokaten Bierdimpfl namens Korbinian Ranftlmoſer, Bauer in Kraglfing, gegen Kaſtulus Scheiblhuber, Bauer daſelbſt, wegen Beſitzſtörung." — —

Himmel Laudon — —!

Ranftlmoser, wenn Du jetzt über den Zaun schauen könntest, was müßtest Du für eine Freud haben! Krebsroth ist der Scheiblhuber vor Zorn und nach jedem Satz, den er aus der Schrift zusammenbuchstabirt, thut er einen abscheulichen Ausspruch. So ist's recht. Jetzt weiß er, warum er das March herausgerissen hat; jetzt sieht er, daß der Scheiblhuber nicht blos Kegel scheiben darf und der Ranftlmoser müßt aufsetzen.

Endlich ist er am Schluß des Lesschreibens angelangt, wo es heißt: „Der Beklagte soll sämmtliche Kosten des Rechtsstreites tragen." Ja, halt auf ein bissel! So schnell geht das nicht beim Kastulus Scheiblhuber, Büchlbauer von Kraglfing!

Es gibt noch ein Gesetz im Land und Advokaten genug; eine Verhandlung muß her, und ein Augenschein, und auf den Schwur muß der Ranftlmoser hingetrieben werden.

Richtig; am andern Morgen knarzen wieder ein paar Glanzstiefel auf dem lehmigen Feldweg. Diesmal ist es der Scheiblhuber, der fuchsteufelswild mit dem Gehstecken links und rechts in die Grashalme hineinhaut und dabei eine Red' einstudirt für den Advokaten in München. Und um dieselbe Zeit, wann die Sonne am höchsten über Kraglfing steht, legt in der Stadt drin der Kanzleischreiber einen blauen Aktendeckel vor sich hin, schreibt fein säuberlich darauf: Ranftlmoser contra Scheiblhuber, und wickelt einen langen Spagat darum. Er denkt wohl nicht daran, was er da alles eingebunden hat; wie viel Zorn, Verdruß und Kummer, wie viel sauer erspartes Geld! Und der Scheiblhuber denkt auf dem Heimwege gewiß auch daran zu allerletzt; jetzt ist es schon, wie es ist und muß halt weiter gehen. Und es geht auch weiter.

Während die zwei Kraglfinger draußen in der Glühhitz arbeiten den ganzen Sommer lang und froh sind um jedes Büschel Heu und Stroh, das sie gut hereinbringen, werden in der Stadt so viele Bogen Papier verschrieben in Sachen Ranftlmoser contra Scheiblhuber, daß man damit den ganzen Guggenbichlacker zudecken könnt.

Die Akten werden von selber alleweil dicker und wie im Herbst die Felder leer gestanden sind, ist eine Gerichtskommission hinausgekommen. Die Leute von Huglfing, Kraglfing und Zeidlhaching haben sich eingefunden wie bei einem Wettrennen oder einer anderen Luftbarkeit. Jeder ist glücklich gewesen, der als Zeuge vernommen worden ist, denn nichts hat ein Bauer lieber, als wenn das aufgeschrieben wird, was er sagt. Die Herren setzen es so schön hochdeutsch, daß es sich justament ausnimmt, wie etwas Gedrucktes und ganz Gescheidtes. Außerdem hat man Gelegenheit, die Herren vom Gericht und die Advokaten recht genau zu beobachten, was sie sagen und was sie dabei für eine Mien aufsetzen. Zu guter letzt leidet das Zeugengeld eine Maß beim Unterwirth, wo man jetzt beinahe jeden Tag zusammenkommt und seine Meinung abgibt.

Am Tage Kordula, den 22. Oktober, ist dann das Urtheil herausgekommen. Die Ranftlmoserin hat keine Freude gehabt über das Namenstagsgeschenk. Es hat in dem Schreiben freilich geheißen, daß der Scheiblhuber den alten Zustand herstellen muß, aber der Ranftlmoser auch; und weil jeder ein Theil Unrecht gehabt hat, muß jeder die Hälfte von den Kosten tragen. Aber trotzdem war sie froh, daß die Geschichte endlich vorüber war; vielleicht würden die Mannerleut doch wieder gut miteinander; es ist ihr arg genug gewesen, daß sie so lang mit der Scheiblhuberin keinen Diskurs mehr hat führen dürfen. Und es ist auch nach und nach so gekommen; weil keiner den Prozeß ganz und gar verloren hat, hat jeder glauben können, daß er doch in der Hauptsach der Gewinner war; es laßt sich aus jeder

Sach etwas Gutes herausfinden. Und zuletzt darf man nicht vergessen, daß die Reputation von Jedem durch den Prozeß gewonnen hat.

Ein halbes Jahr hat er gedauert, die Advokaten haben schön geredet, und lateinisch ist schier mehr gesprocht worden wie deutsch. Also Ranftlmoser, was willst noch mehr? Die Fretter im Dorf möchten auch diesmal eine Gaudi haben; jetzt haben sie noch einmal so viel Respekt vor den Zwei.

Bloß der Häusler Felberhofer hat einmal den Scheiblhuber im Wirthshaus spöttisch gefragt, was denn der ganze Guggenbichlacker kostet, wenn drei Hänb voll davon schon 300 Mark werth sind.

Der Habnichts! Das Tröpfel, das armselige!

Der Hofbauer.

„Wenn Sie ein beliebter Anwalt werden wollen, so müssen Sie vor Allem bestrebt sein, aus den umständlichen Erzählungen der kleinen Leute das Wesentliche herauszufinden; dies werden Sie am Besten durch ruhiges Zuhören erreichen. Als Gewissensrath müssen Sie es hinnehmen, wenn Ihnen Jemand sein ganzes Herz ausschüttet. Ungeduld würde nur schaden, und Sie werden diese auch nicht aufkommen lassen, wenn Sie daran denken, welch' hohes Vertrauen Ihnen Jeder entgegenbringt, der ihren Rath als Richtschnur für eine wichtige Handlung erhalten will . . . ich habe nie begriffen, wie ein Anwalt es über sich bringen kann, grob zu sein." . . .

Diese schönen Grundsätze stehen in dem Briefe meines Freundes, der es nicht unterlassen kann, mir gute Lehren zu geben.

Sehr gut gesagt, mein Bester! Wollen wir weiter lesen. „ . . . Der Beruf des Anwaltes hat noch etwas an sich von dem edlen Verhältnisse des römischen Patronus zum hülfsbedürftigen Klienten . . ." In diesem Augenblicke haut Jemand mit dem Stecken an meine Gangthüre und poltert mit den Stiefeln dagegen. Die Haushälterin kennt sich gleich aus; das ist wieder einer aus der Moosgegend, wo sie die elektrischen Klingeln noch nicht kennen.

Sie öffnet also. Ein paar unartikulirte Laute, dann erscheint im Thürrahmen ein Bauer, der aussieht, wie alle, und nach feuchtem Leder riecht, ebenfalls wie alle. Zuerst wickelt er sich vom Halse ein drei Meter langes, wollenes Tuch, legt es auf ein paar frisch beschriebene Bogen Papier, sucht für seinen Gehstock eine passende Zimmerecke und entfernt dann von seinem Hute allen Schnee, welcher darauf lag, indem er ihn heftig gegen meinen Schreibtisch hin schwingt.

„S' Good, Herr Dokta! Ich hätt' a frag."

„So?" Setzen Sie sich nieder und sagen's mir einmal zuerst, wer Sie sind."

„Ja, der Hofbauer war i."

„Waren Sie? Und wer sind's denn jetzt?"

„Ja, i war's no."

„Aha, Sie sind's noch?"

Nach einigem Frage- und Antwortspiel sind wir so weit, daß ich weiß: er heißt Pius Reidel, ist der Hofbauer in Zeidelfing, verheirathet und katholisch.

„So, Hofbauer, was für einen Schmerz haben wir denn?"

„Ja, indem daß er wegen Körperverletzung angeklagt ist, unschuldig und von lauter meineidigen Zeugen."

„Hm! Sind's schon einmal bestraft worden?"

„Na! ... dös hoaßt bloß dreimal, aber auch unschuldig ... Wie's halt oft geht; die Leut' sind schon einmal so schlecht heutzutag."

„Hm! Hm! Nun erzählen's mir einmal kurz, was Ihnen passirt ist."

Kurz! Ja freilich! Das geht nicht so geschwind.

Das geht alles der Reihe nach, Ordnung muß sein und für was is denn der Advokat da?

Und so fängt er denn an. Wie er in der Früh aufgestanden ist und an nichts gedacht hat; wie er dann schön langsam zum Wirth hinunter gegangen ist; wer ihm begegnet ist und was sie geredet haben; wer beim Wirth schon da war und wie er eine Maß getrunken hat, und dann noch eine und hernach wieder eine.

Und wie er immer noch an nichts gedacht hat. Daß dann am andern Tische der Pfeiferguttler von Huglfing gesessen ist, der miserabelste Mensch, seitdem das Schlechtsein erfunden worden ist. Mit dem er schon vor fünf Jahren einen Prozeß gehabt hat; wissen's wegen dem Kirchenweg, der eigentlich kein Kirchenweg gar nicht war, weil er über seinen Grund geführt hat.

Jetzt kommt der alte Prozeß in die Erzählung.

„Hofbauer, geht es gar nicht ein Bissel kürzer?"

„Na! I muaß 's Eana g'nau verzählen, damit's Eana auskennan..."

Also hu! Ja, der alte Prozeß, und wie er ihn verloren hat durch den Meineid vom Pfeifer. Wie er ihm das am kritischen Tage hernach hingerieben hat und wie sie in das Streiten gekommen sind.

Dann ist der Pfeifer aufgestanden und hat gesagt: Hofbauer, hat er gesagt, jetzt kann ich nimmer anders und dabei hat er ihm zwei auf den rechten Backen hingehauen.

„So hat er's gemacht — die Erzählung bringt der Hofbauer jetzt hochdeutsch und sehr dramatisch — so hat er's gemacht."

Er wischt sich mit der Hand über das Gesicht, um mir seine Watschen recht zu veranschaulichen.

Und dann hat ihm der Pfeifer links zwei hingehauen — so...

Und dann hat er ihm unter das Kinn dreimal gestoßen — der Hofbauer macht es so deutlich, daß ihm die Zähne klappern — ja und dann hat er ihn bei den Haaren genommen und hat ihm den Kopf an die Thüre hingedruckt und ist auf- und abgefahren damit, nämlich mit dem Kopf...

„Uh? Merkwürdig! Und das hat sich der Hofbauer alles ruhig gefallen laffen?"

„Freilich! Was willst denn machen mit solchene wüste Leut?"

„Dann möcht' ich aber doch schon wissen, Hofbauer, warum Sie wegen Körperverletzung angeklagt worden sind? Da sollten Sie doch eher eine Extrabelobigung kriegen wegen Ihrer Friedfertigkeit?"

Ja, das ist eben die Schlechtigkeit! Der Pfeifer behaupt' jetzt, daß ihm der Hofbauer einen Maßkrug am Schädel zerschlagen hat und hat drei elendige Lumpen gefunden, die es beschwören wollen. Es ist kein Wort davon wahr; er hat bloß einen Maßkrug in der Hand gehabt, der ist aber selber zerbrochen; es wird schon wer daran hingekommen sein.

Der Hofbauer kennt vier Leute, die bestätigen werden, daß sie nichts gesehen haben . . . .

Ich glaubte nun, annehmen zu dürfen, daß er mit seiner Erzählung fertig sei und erkläre ihm, daß ich ihn vertheidigen wolle. Allein er geht noch nicht. Jedesmal, wenn ich Abschied nehmen will und sagte: Also, ist schon recht, Hofbauer, jetzt sind wir fertig, oder: B'hüt Gott, Hofbauer, schauen's, daß 's gut heimkommen, fangt er wieder an: Ja, „Esel verdächtiger", hat der Pfeifer gesagt, und „Du ganz schlechter Kerl", und dann hat er gesagt: Hofbauer, hat er gesagt, jetzt kann ich nimmer anders und hat ihm zwei hingehauen. Zwei auf den rechten Backen und zwei auf den linken. Ob das in Bayern erlaubt ist? . . .

Ich bekomme allmälig das Gefühl, als ob mir Einer die Haare einzeln ausrisse oder Zähne ausziehe.

„Nein, das ist in Bayern nicht erlaubt, Hofbauer; aber ich habe jetzt keine Zeit mehr, Ihnen das zu erklären. Kommen Sie vor der Verhandlung meinetwegen noch einmal her. Für heute sind wir fertig. Adieu!"

Das versteht er endlich und macht sich zum Aufbruch fertig.

Aber es hat noch nie Jemand so lange gebraucht, um drei Meter Tuch um den Hals zu wickeln, wie der Hofbauer, und noch nie hat Jemand seinen Stock so lange von allen Seiten betrachtet wie er.

Gott sei Dank! Jetzt ist er draußen, und ich lehne mich erschöpft im Lehnsessel zurück.

Aber was ist denn das? Es klopft Jemand? Richtig! Es ist der Hofbauer. „Herr Dokta, i hab no was vergessen. Moana's (meinen Sie), daß mir bös beim G'richt glabt (geglaubt) werd'?"

„Was denn?"

„Ja, dös mit dem Maßkrug? Daß er von selm z'brochen is?"

„Nein, das wird Ihnen nicht geglaubt. Aber Sie können's ja probiren."

„Ja, i wer mir's überlegen. Adies, Herr Dokta, i kimm bald wieda."

Diesmal geht er wirklich, und ich denke zwei Tage weder an Pius Reidel, noch an Castulus Pfeifer. Um dritten Tag, so in der Früh gegen sechs Uhr, bei stockfinsterer Nacht läutet es. Ich höre schwere Fußtritte und dann klopft es.

„Herr Doktor, Sie möchten aufstehen, ein Bauer ist da, der Sie sprechen muß."

„Na, wenn schon, dann schon!"

Raus aus dem Bette, angekleidet und in die Kanzlei.

„Himmel, Herr . . . ., der Pius Reidel aus Zeidelfing!"

„S'Good, Herr Dokta, i bin a bisl fruah dran; aber i hab mir denkt, i muaß Eana glei aufsucha, daß Eana net umasunst plagen. Wissen's, i hab mir dös G'schicht überlegt; i laß mi halt in Gott's Namen strafa und thua net lang rum. Sie brauchen mi net z'vertheidigen. Die Bäuerin hat aa g'sagt, es kost g'rad mehra . . ."

„Soo? Pius Reidel!" schrei ich, „Pius Reidel! Wie viel Watschen hat Ihnen der Pfeifer hingehauen?"

„Ja, zwoa auf den rechten Backen und nacha zwoa auf den linken Backen, und nacha . . ."

„Halt! Macht bloß vier. Wenn Sie den Castulus Pfeifer wieder sehen, dann sagen Sie ihm in meinem Auftrag, er sei ein Ehrenmann, aber eine Watschen auf jeden Backen ist er Ihnen noch schuldig. Alle guten Dinge sind drei. Verstehen Sie mich? Und jetzt marsch naus!"

Es wurde mir gleich wieder besser zu Muthe, als ich meinem Zorne auf diese Weise Luft verschafft hatte. Ich konnte sogar eine halbe Stunde später beim

Kaffee die Rede eines Abgeordneten lesen, und zwar bis zu Ende, welcher für die Errichtung von Volksbureaus plaidirte. Denn, sagte er, meine Herren! man findet es heute nur zu häufig, daß die Anwälte sich nicht die Zeit nehmen, oder ich will sagen, nicht nehmen können, um dem hilfesuchenden Publikum diejenige Aufmerksamkeit zu widmen, welche es beanspruchen kann, darf und muß ꝛc. ꝛc. Ja, wohl!

Kirta!

„Lang die Pfanna aba, Nannl! hol 's Mehl aus der Truchen und an Laib Schmalz!"

In der Kuchel steht die Bäuerin vor dem Herd; das Feuer wirft einen gluthrothen Schein auf ihr kugelrundes Gesicht; mit dem Kochlöffel taucht sie die Küchetn unter und wendet sie um; die Holzscheitel krachen, das Schmalz kocht und prasselt und spritzt.

Grad lustig is. Hint im Hof grunzt die Sau; der Bauer wetzt das Messer und probirt die Schneid', ob sie noch nicht fein genug ist. Der Vitus legt den Stecken in den Brunnentrog, daß er hart wird auf morgen; die Mariandl und die Creszenz laufen Stiegen auf, Stiegen ab, rennen aneinander und kriegen Lachkrämpf. In der Stuben drin probirt der Oberknecht zum dreißigstenmal auf der Ziehharmonika das Lied: „Mir kemmans vom Gä—burg" und der Großvater haut sich vor lauter Freud' eine Pris nach der andern auf den Daumennagel.

„Huiö! Morgen is Kirta!"

Das größte Fest im ganzen Jahr, auf das sich jeder Ehhalten, jeder Austrägler gewissenhaft vorsieht, wo das Essen notarisch gemacht ist und auf Grund rechtskräftiger Urkunden geschieht. Morgen gibt es G'selchtes und von „allem was geschlachtet wird zwei Pfund". So ist's geschrieben worden, und so geschieht es; von seinem Recht geht kein richtiger Bauernmensch weg.

Ahnungsvoll dämmert der Morgen herauf. Heut' braucht der Bauer von seinen Dienstboten keinen einzigen zu wecken. Der Erste ist der Oberknecht Hansgirgl. Er thut heut' ein Uebriges und wascht sich am Brunnen den g a n z e n Kopf, noch dazu mit der Seifen; dann fahrt er mit einer Art von Kamm durch die nassen Haare und zieht sich einen schönen Scheitel, wobei er in den kleinen Handspiegel schaut, der auf dem Brunnenrand liegt. Jetzt spuckt er in die Händ', pappt sich zwei Kriegslocken bis an die Augenbrauen fest hin und fahrt dann mit dem Roßstriegel über das ganze Bild. Nun er fertig ist, stimmt er voll innerer Zufriedenheit ein Lied an:

> Des Morgens, wenn — die Sonn' aufgeht
> Und wenn das Gras — im Thau dasteht,
> Dann treib' ich mei — ne Käh' dahin
> Dort wo ich ganz — alleine bin.

Er zieht den rechten Fuß in die Höh, patscht mit den Händen über dem Kopf zusammen und stoßt einen gellenden Pfiff aus, daß es kein Indianer besser kann.

In der Stuben trifft er die Andern gerade so lustig und aufgeregt wie er selbst ist. Die Weibsleute besonders können es kaum erwarten, daß fortgegangen wird. Jede hat schon den Korb auf dem Schooß und verdeckt das Strohgeflechte mit der linken Hand, während mit der Rechten die Nudel eingetaucht wird. Da ist nichts zu bemerken von der bedächtigen Ruhe, mit der sonst die Kaffeesuppe ausgelöffelt wird. Ohne Unterschied des Ranges langt jedes hinein, ja es kommt sogar vor, daß ausgesetzt wird, wenn z. B. die Nandel der Creszenz einen Renner gibt und alle zwei am Lachen und einem Trumm Nudel zu ersticken drohen. Bloß der Großvater paßt auf die Spaßetln nicht auf; daß Gethu ist ihm zuwider. Die jungen Leut' sind so dumm und wissen nicht was gut ist. Er sitzt ganz dicht bei der Schüssel, schneidet schön stad ein Stück von dem vertragsmäßigen Geselchten nach dem andern ab und taucht es mit der Nudel in den Kaffee.

Was für ein schöner Tag heut' ist! Die Sonne ist über den Nebel Herr geworden und hat ihn heruntergedrückt, daß er jetzt wie ein feiner Rauch über den Wiesen liegt; die Luft ist so klar, daß man weit und breit alle Kirchthürme sieht, und der vordere Wind geht frisch über die Stoppelfelder. Aus allen Häusern kommen die Leut' zum Kirchgang, auf allen Steigeln sieht man die schwarzseidenen Kopftücheln in der Sonne glänzen und die buntfarbigen Röcke. Ein recht friedsames Bild. Auch der Hansgirgl und der Vitus marschiren tapfer hinter ihren Weibsleuten daher.

„Moanst lei, Hansgirgl, daß heint die Kraglfinger beim Unterwirth san?"

„Ehender, wia nöt, Vitus."

„Was moanst nacha? Epper is der Leixentoni aa dabei; auf den bin i scho lang häßlich."

„Hinschaugn thean ma, des is meine Meinigung," sagt der Hansgirgl. Und dem Vitus ist es recht; für was hätte er denn seinen Stecken im Wasser liegen lassen?

Nach der Kirche kriegen die Wirthe ihr Recht. Alle Bänke sind gedrückt voll und alleweil drucken wieder neue Gäst' bei der Thür herein; der Wirth kommt nimmer aus dem Grüßen und Zutrinken heraus. „S'Gool, Scheiblhuaba; aar auf da Höh? A paar Untenvierteln hätt i und a Gans. Ua, da Loibl is a do; für Di hätt i a Schweiners oder a Nierenbratl. Was D' liaba magst! Wer schreit da hint? J stech Enk scho, reißt's mi no nöt in da Mitt ausanand; Oes kriegt's Entere Würscht scho."

So hat er für Jeden den richtigen Gruß und nach Stand und Vermögen das richtige Essen; er fragt nicht lang, was Einer will. Wie ein Feldherr steht er da in dem Gewühl, das immer ärger wird. Die Fenster sind geschlossen; die Hitz' wird immer ärger und der Rauch streicht wie ein starker Herbstnebel in der Stuben herum. Immer lauter wird der Disputat über Gersten, Korn und Haber, über die Gäul und das Kühviech.

Beim Unterbräu geht es am lustigsten zu; da wird getanzt. Der Baß brummt und die Klarinetten pfeift; der Staub wirbelt auf und so eintönig geht das Schleifen und Stampfen, als thät eine Maschine die Arbeit verrichten. Aus dem Dunst tauchen die rothglühenden Gesichter auf und verschwinden wieder; gesprochen wird nichts, man hört bloß Keuchen und Schnaufen, und ab und zu im Uebermaß des Entzückens ein gellendes Schreien und Pfeifen.

Huid, heut' is Kirta!

Dr. Thoma, Bauerngeschichten.

Schaut's den Vitus an! Das ift der Allerrefcheſte. Mitten drin ſchmeißt er den Hut auf den Boden, ſchaut ihn ſtier an und tanzt um ihn herum wie ein Spielhahn. Den müßte der Buffalo Bill haben, wenn er ihn fehen thät, den ließ er nimmer aus. Und babei weiß er es immer ſo einzurichten, daß er einem Kraglfinger auf die Zehen tritt. Das dauert nicht mehr lang, das thut fein Gut. Richtig, jetzt rennt er dem Leixentoni feine Tänzerin um.

„Kannſt net Acht geben, damiſcher Tropf?"
„Auf fein Kraglfinger geb i net Acht."
„Was thuaſt net? Was haſt g'ſagt?"
„Geh her, wennſt a Schneid haſt!"
„Geh Du her! J bin ſcho da."
Hōi Kraglfinger! Hōi Guglfinger!

Und jetzt geht's los. Ein Schieben und Drängen, jeder Burfche nimmt Partei; die Mädel drücken ſich zuſammen wie eine Heerd' Gäns. Wüthendes Schreien und Schimpfen; runter über die Stiegen, raus auf die Straß'. Pitſch, Patſch; Pitſch, Patſch! Die Stadtleut' thäten meinen, es wird Korn gedroſchen, ſo hauen ſich die Burſchen mit den Gehſteckerln auf die Köpfe; weil keiner einen Hut auf hat, ſchnallt es ſo laut.

Die Dämmerung bricht herein; der feſtliche Tag geht zur Neige; auch das Schönſte kann ja nicht ewig dauern.

Jetzt ſieht man auf den Feldwegen ſchwankende Geſtalten; da und dort lehnt einer am Zaun und führt tieffinnige Gespräche mit ſich ſelbſt. Weiber führen ihre Gatten und find ihnen Stab und Stütze; hie und da bricht wohl auch Einer mit einem Wehelaut zuſammen und rennt den Kopf in einen Scheerhaufen. Die Nacht bedeckt mit ihrem mitleidigen Schleier die traurigen Bilder.

In ſeiner Kammer liegt der Vitus mit drei friſchen Löchern im Kopfe. Neben dran ächzt der Großvater in ſchwerer Bedrängniß. Er hat zwar das Geſelchte und das Schweinerne pflichtmäßig gegeſſen, aber von dem Kälbernen hat er nur 5 Vierlinge zufammengebracht. Das hat ihn abſcheulich gift und auf das Krankenlager geworfen.

Jetzt hat der Bader gute Täg.

Solide Köpfe.

Im Hausflure des Amtsgerichtes hängt an der Wand eine große schwarze Tafel und auf derselben ist ein Bogen Papier mit rothen Oblaten angepappt. Wir können im Augenblicke nicht lesen, was darauf geschrieben steht, denn so ein Stücker fünfzehn Bauernburschen stehen davor und probiren, ob sie das Hackelwerk nicht herausbuchstabiren können. Der Vitus vom Lenzbauern in Huglfing bringt es fertig und wie er mit dem Stecken Zeile für

Zeile nachfährt, thut er uns und seinen Gefreunden den Gefallen und ließ es mit lauter und sehr vernehmlicher Stimme vor.

„Sitzung — halt a wengl — des Schäfengerüchtes — druckt's net so eina — vom 8. Januari. Vitus Kreuzpointner — aha! — und, und — dös kann i net lesen — Gä — Gä... — Gänossen hoaßt's — wägen Körperverletzung... Auweh Zwick! Dös bin i und die Genossen selb's ös! Paßt's auf Bua'm, heunt derleb'n mir was, und nix Guats. Heunt geht der schlecht Wind!"

„Mir g'fallt's aa scho lang nimmer," sagt der Oberknecht Hansgirgl, „fitter, daß ich woaß, daß dö Kraglfinger Zeugen macha därfen. Dö wer'n an abscheulichs Zeugniß ableg'n."

„Ja, und die Ersten san mer aa," ruft der „Genosse" Anderl, „dös is allamol schlecht. Da ist der Herr Landrichter no frisch g'laden."

„Der letzte hat no net g'schoben," meint jetzt bedächtig dem Hofbauern sein Uellester; „dös woll ma seg'n, ob's uns was macha kinnen; mir san in einer offenbarigen Nothwehr befunden gewesen; mei Vata kennt dö G'schicht von frühender her und hat g'sagt: so lang mir nix bestehen, is überhaupt nix bestanden und dö Zeugen wer'n ganz oasach verworfa, denen werd nix glaubt und außerdem wern's überhaupts meineidig g'macht." — Diese rechtlichen Ausführungen des Hofbauern Peterl machten viel Eindruck auf die Umstehenden; sie schreiten tapfer in den Sitzungssaal, umgeben von einer dicht gedrängten Schaar getreuer Anhänger.

Die Nachhut bildet ein buntscheckiger Haufe Frauenzimmer; sie schreiten mit zu Boden gesenkten Köpfen hinter den Burschen in den Gerichtssaal und schieben sich in dem übervollen Zuschauerraume möglichst weit vor.

Geduldig stehen sie auf ihren Plätzen und schauen verwundert aus ihren Kopftüchlen heraus auf die ungewohnte Umgebung.

Ihre Gesichter verrathen so eine gruselige Neugierde; aber man sieht Jeder an, daß sie viel lieber wieder draußen wäre, recht weit weg von dieser unheimlichen Feierlichkeit und den bärbeißigen Gensdarmen.

Sie halten jedoch tapfer aus, und das ist recht, denn Freud und Leid soll ein liebendes Paar gemeinsam haben; wenn er heute dem gestrengen Herrn Landrichter Red' und Antwort geben muß, so ist es billig, daß sie in seiner Nähe weilt und des Anblickes genießt, wie der Geliebte vorne beim Gerichtstische steht und verwegen schaut, eingedenk seiner Heldenthaten.

Der geneigte Leser weiß wohl bereits, woran er ist, und daß er einer von den vielen Gerichtsverhandlungen beiwohnen kann, die sich allwöchentlich als Nachspiele der sonntäglichen Vergnügungen abwickeln.

Ich will aber nicht nach bekannten Mustern Bericht erstatten, was der Vitus, der Anderl, der Peterl und die sämmtlichen Hintersassen auf die vielen unangenehmen Fragen geantwortet haben; ich will keine Musterkarte der unzähligen und mannigfaltigen Ausdrücke geben, durch welche ständige Uebung und uraltes Herkommen die Sprache bereicherten, und die alle miteinander nur den an sich so einfachen Vorgang des Prügelns und Geprügeltwerdens bezeichnen wollen.

Ich verzichte darauf, den wundervollen Bilderreichthum, welchen hierin unsere Sprache besitzt, zu schildern und darzuthun, woher es denn eigentlich kommt, daß meine Landsleute für jeden Theil des menschlichen Körpers ebensowohl eine eigene Art der Verletzung, als eine drastische Bezeichnung hiefür kennen.

Also davon will ich nicht reden, sondern von etwas Anderem, was gewiß erwähnenswerther ist, und was von Rechtswegen schon längst in der Naturgeschichte mit Auszeichnung hätte erwähnt werden müssen.

Ich meine die merkwürdige Beschaffenheit der Köpfe unserer Dorfjugend.

Es gibt heute noch viele gescheidte Leute, z. B. Professoren, welche glauben, daß Holz oder Eisen widerstandsfähiger, härter ist, als die menschliche Schädeldecke. Das ist nicht richtig. Wenigstens nicht in den gesegneten Gefilden Ober- und Niederbayerns.

Für Einen, der hieran zweifeln wollte, ist diese Verhandlung lehrreich; er wird zugeben, daß er hier den stärksten Köpfen unseres Jahrhunderts begegnet ist.

Der Vorsitzende hat soeben den Schöffen erklärt, daß die zu bestrafenden Körperverletzungen mit „gefährlichen Werkzeugen" verübt wurden, und befiehlt dem Gerichtsdiener, diese Werkzeuge herbeizuschaffen. Jetzt beginnt im Hausgange ein Poltern und Klirren und Rasseln, daß man vermeinen könnte, nebenan würde eine Folterkammer oder ein alter Eisenladen ausgeräumt. Schweren Schrittes erscheint hochbepackt der Gerichtsdiener und hinter ihm schleift und zerrt sein Gehülfe noch verschiedene Gegenstände, die offenbar einer Oekonomie-Einrichtung angehören und so ziemlich die gesammte „Baumannsfahrniß" eines mäßig begüterten Häuslers darstellen. Die Dinger werden schön gruppirt vor dem Gerichtstische niedergelegt, und wenn vielleicht Jemand im Zuhörer-Raume der Meinung war, daß eine Versteigerung oder so etwas erfolgen werde, so befand er sich in einem Irrthum.

Dies sind nämlich die „Werkzeuge," welche unser Vitus, Peterl, Anderl ec. ec. in ihrer offenbaren Nothwehr benützten, um sich nur einigermaßen gegen unvorhergesehene Angriffe zu schützen. Es verlohnt sich wirklich, dieselben näher zu betrachten. Da ist zunächst der Hälftetheil eines Schubkarrengestells, nebendran liegen zwei oder drei Wagscheiteln, ein Hemmschuh mit Sperrkette und Holztheile, die ersichtlich vor nicht langer Zeit zu den Bestandtheilen eines Leiterwagens gehörten. An Stall-Einrichtung bemerken wir: einen Melkstuhl, den Stiel einer Mistgabel und vier oder fünf Ketten, die sonst zum Anhängen des Rindviehes dienen; daran reihen sich Schwartlinge, Latten, Peitschenstiele und ein abgebrochener Brunnenbengel .... Alle diese Gegenstände tragen die Spuren fleißigen Gebrauches. Die Eisentheile haben Beulen und Düllen, was darauf schließen läßt, daß sie mit sehr harten Körpern in Berührung kamen; die Holztheile sind fast alle zersetzt, an den oberen Enden weich geschlagen und zerquetscht, in Schiefern zerfliebt.

Angesichts dieser Waffen hören wir mit wachsender Bewunderung die Anklageschrift verlesen; sie hört sich an wie ein neues Nibelungenlied. Mit diesen eichenen, buchenen und eisernen Wehren haben die grimmen Huglfinger Helden gestritten gegen die Mannen von Kraglfing und Hiebe ausgetheilt, daß der weite Saal des Unterbräu erdröhnte von ihrem Schalle.

Und alles um sie herum ging zu Grunde, nichts blieb ganz, kein Krug, keine Bank, kein Stuhl; nur die Köpfe hielten es aus.

Denn, lieber Leser, schau nur hin, wie dort die Kraglfinger Zeugen aufmarschieren; nach dem Gehörten hast Du vielleicht gemeint, daß die ganze männliche Jugend von Kraglfing auf das Krankenlager geworfen sei, oder sich nur mehr mit Hülfe von Krückstöcken jämmerlich fortbewegen könne. Nichts von alledem ist richtig. Es ist eine wirkliche Freude, ihnen zuzuhören, mit welcher Gleichgiltigkeit sie das Ereigniß behandeln. Die meisten von ihnen erzählen, daß sie nur ein gewisses Brummen im Schädel verspürten, versichern aber treuherzig, daß sie darauf kein Gewicht legten. Nur zwei oder drei Burschen bestehen darauf, daß sie nach der Affaire beschränkt waren, d. h. arbeitsbeschränkt, denn für das andere wird ja kein Schmerzensgeld bezahlt.

Ihre Wehleidigkeit erregt im Zuhörerraume Entrüstung; es ist nicht recht und wirft ein schiefes Licht auf die Glaubwürdigkeit der Zeugen, daß sie wegen dem Bissel „Sonntagsgaudi" ein solches Gethu haben. Das ist eine Schande für die Gemeinde und der Bürgermeister von Kraglfing nimmt sich fest vor, den Burschen ernstlich ins Gewissen zu reden.

Zum Glück sind es bloß ein Paar, die sich auf diese Weise blamiren; und so fällt auch die Strafe gegen die Huglfinger Heldenschaft recht gelinde aus — zur großen Zufriedenheit aller Anwesenden.

Die gutmüthigen Burschen von Kraglfing hegen nicht den geringsten Groll; sie trösten sich mit dem Zeugengeld und dem fröhlichen Bewußtsein, daß in den heimathlichen Brunnentrögen gar mancher Haselnußstecken im Wasser liegt, um hart zu werden für den demnächstigen Revanchekrieg.

Und Du, freundlicher Leser? Gibst Du nicht dem alten Gerichtsdiener Schneckel Recht, der beim Wegräumen der Oekonomiegeräthe brummt: „Dös hoaßt ma jetzt ‚g'fährliches Werkzeug!' Derweil is das ganze Glump hin worden. Schad' für das schöne Sach! A ganze Hauseinrichtung und Brautsteuer kunnt ma mit der größten Leichtigkeit auf dö gußeisernen Köpf z'sammschlagen!"

Es geht nix über a guate G'sundheit.

Der Wilderer.

Auf dem engen Fußpfade, welcher durch das Moos führt, schreiten drei Männer. Mißmuthig und schweigsam. Sie waten durch das Schilfgras, welches ihnen oft bis zu den Knieen reicht, winden sich durch einen Weidenbusch, der ihnen mit den schlanken Gerten in die Gesichter schlägt, und müssen bald über einen Torfgraben springen, bald über einen breiten Wassertümpel von einem schlüpfrigen Steine zum andern wegsetzen.

Da verginge Jedem der Humor, zumal wenn er bei der drückenden Hitze ein Gewehr mitschleppen müßte, das beim Gehen und Springen hinderlich fällt.

Nun bleibt der Vorderste stehen und nimmt die Dienstmütze ab, um sich den Schweiß von der Stirne zu wischen.

„Himmelsternlaudon! wendet er sich zu den zwei Gefährten, da hat uns der Förster wieder amal a schöne Arbeit ang'richt.

Drei Stund' im Moos laufen bei der Prügelhitz, und is doch für die Katz."

„Ja, das macht der neue Herr Jagd g'hilf, brummt der zweite, der hört das Gras wachsen und meint, er muß den Niederegger fangen. Wir Gensdarme können nachher die Suppen auslöffeln und uns die Füß wegrennen. Passen's nur auf, Herr Commandant, wir werd'n heut noch g'waschen, daß uns das Wasser bei den Stiefeln herausrinnt."

„Ich glaub's selber; also vorwärts marsch! Vielleicht kommen wir noch, vor es anfangt."

Und die Drei gehen, so rasch es der Weg erlaubt, weiter.

Die Sonne hat sich nunmehr hinter den drohenden Gewitterwolken versteckt. Ein kühler Wind streicht über das Moos und weht ihnen starken Erdgeruch vermischt mit dem betäubenden Dufte des Pfeffermünzkrautes entgegen. Ueber die Moortümpel und über den breiten Bach, der sich wie Schlinggewächse durch die Haide windet, jagen dunkle Schatten.

Schon beginnen schwer aufschlagend einzelne Tropfen zu fallen, und die Drei schauen sich, hastiger ausschreitend, nach einem Obdache um. Ihre Blicke eilen über die schwarzbraunen Torfgräben, die wie drohende Festungswälle aus dem heftig bewegten Grase hervorragen, hinweg; nun haften sie an einer kleinen Hütte, die mit ihrem windschiefen Dache aus Erlenbüschen und Birken vorlugt.

Es war nicht leicht, sie zu sehen, denn die graue, verwitterte Farbe der Mauer hebt sich kaum von dem Gewitterhimmel ab, und wenn nicht ein heftiger Windstoß die Birken niedergebeugt und so einen Augenblick den Dachfirst gezeigt hätte, so wäre die Hütte den Gensdarmen noch eine Weile verborgen geblieben, obwohl ihr Anführer sie schon etliche Mal besucht hatte.

Jetzt ist sie aber einmal entdeckt und es hilft nichts mehr, daß die grünen Zweige das Geheimniß wieder zu verbergen streben.

Die Ankunft der fremden Männer bringt großen Aufruhr hervor.

Ein schwarzgefleckter Spitz stürzt wüthend aus der Hundehütte und rast heiser bellend im Kreise an seiner Kette herum.

Ein paar Gänse heben erstaunt die langen Hälse aus der Schmutzpfütze und schnattern, erst leise, als wollten sie die Eindringlinge zur Rede stellen, was sie eigentlich hier zu thun hätten, dann immer lauter, als seien sie sehr erzürnt darüber, daß sie keine Antwort erhielten.

Die Hühner stimmen mit ein und laufen schimpfend über den Dunghaufen. Eine große, schwarze Katze wirft im Davoneilen gebleichte Pferdeschädel und Knochen, die unter der Haselnußstaude aufgeschichtet lagen, um und klettert auf

das Dach, von wo fie mit den großen, grünlichen Augen verwundert auf die Fremden
herunterſchaut. Die Hütte ſelbſt liegt wie ausgeſtorben da.

Nur aus dem Anbau, der ſich noch am ſtattlichſten zeigt, tönt dumpfes
Poltern und Stampfen.

Der Commandant ſchaut zu dem kleinen Fenſter hinein und erblickt ein
rieſenhaftes Untier, das hier eingemauert iſt und bis an die Decke reicht.

Erſt, nachdem ſich ſein Auge an die Dämmerung des Raumes gewöhnt,
erkennt er in dem Ungeheuer ein breitrückiges, hochgewachſenes Pferd.

„He, halloh! Niemand da?" ruft jetzt der Commandant und rüttelt an der
Hausthüre, die unmittelbar neben dem Stalle iſt.

Da ſie verſperrt iſt und dem Druck nicht nachgibt, geht er einige Schritte
vor und ſchaut in gebückter Stellung zum nächſten Fenſter hinein.

Er ſieht einen rauchgeſchwärzten kleinen Raum, ſo niedrig, daß ein halb-
erwachſener Junge nicht aufrecht darin ſtehen könnte. An der einen Wand iſt ein
Ofen, der zugleich als Heerd benutzt wird; nebenan ſteht ein Tiſch mit drei Füßen;
der vierte Fuß iſt erſetzt durch einen unbeſchälten kräftigen Baumaſt, der mit ſtarken
Nägeln an die Tiſchplatte angenagelt iſt.

„Niemand da?" fragt der Commandant wieder, „ich trau mir z'wetten, daß
uns der Gauner ſchon lang hat herkommen ſehen. Jetzt thut er, als müßten wir
ihn erſt aufwecken aus ſeinem chriſtlichen Schlaf."

In dem Augenblicke biegt um die Ecke ein hochgewachſener Mann in den
mittleren Jahren.

Er geht etwas nach vorne gebeugt und zieht die Schultern auf.

Aus dem verwitterten Geſichte, das durch die vorſpringende ſcharf geſchnittene
Naſe einen faſt martialiſchen Ausdruck erhält, blicken ein paar liſtige graue Augen,
die ebenſo wie ein Zug um den Mund große Schlauheit verrathen.

Mit einem kurzen ſcharfen Blicke muſtert er die Gensdarmen; dann
ſchaut er ſie unbefangen an und keinen Augenblick zeigt er auch nur die geringſte
Ueberraſchung.

Er ſtellt einen Heurechen, den er in der linken Hand getragen hatte, an die
Wand und ſagt freundlich grüßend:

„Uh! s' Good de Herrna! U wengl untasteh z'wegen an Wetta?"

„Ja, mir werden ein bissel länger dableiben, Niederegger," antwortet der Commandant.

„O mei, es schaugt si bloß so g'fahrli her. Dös thuat net viel. J glab net amal, daß 's zum Rengna kimmt."

„Ja, wegen dem Wetter bleiben wir net da; ich hab mit Dir selber ein Wörtel z' reden."

„Mit mir? Wüßt net, daß i mit G'richt und Obrigkeit was z'thoa hätt."

„Das wirst schon inne werden, Niederegger. Wenn bloß der Jagdg'hilf einmal kommen thät!"

„Moanas an Jagdg'hilf Blausteiner? fragt der Niederegger."

„Ja."

„Der ko net weit weg sei. J siech'n scho seit oana Stund allaweil dort hinta de Boschen umanand schliafen. J ho mir denkt, er werd a bißl jagern."

Der Commandant sieht nicht, daß bei diesen Worten ein verhaltenes Lachen um den Mund des Niederegger zuckt. Aber er hat auch so genug gehört und flüstert den beiden Begleitern zu:

„Hab i's net g'sagt? Der Tropfenberger hat uns alle mit einander schon lang beobacht. Den g'scheidten Jagdg'hilfen erst recht. Der hat g'meint, wie schlau er's macht, wenn er von der andern Seit herschleicht und um die Hütten herumspionirt. No, da kommt er ja selber. Grüß Gott Herr Blausteiner, Sie bleiben lang aus."

„Waar net üb'l! J bi scho a Stund länger do, wia Sie. J hab de Spitzbuabnbande a'pürscht wia'r an Rehbock und bi bis jetzt auf'n Lugaus g'sess'n."

„Weiß schon, sagt der Commandant, das hat uns der Niederegger bereits bestätigt."

„Was?"

„Jawohl! Und wann Ihnen die Rehböck auch so schnell spannen, nachher werden's net viel schießen."

„Oho! Der Herrgotts . . . ."

„Beruhigen's Ihnen nur. Jetzt is schon g'schehen. Gehen wir gleich an's Geschäft, helfen thut's doch nix."

„Niederegger!" fährt er in dienstlichem Ton fort, „in der letzten Zeit sind wieder Schlingen gefunden worden; auch hat man Spuren entdeckt, daß ein Reh eingegangen ist. Sie sind dringend verdächtig, und wir müssen Haussuchung halten."

„Wos? Haussuachung?"

„Bei r' an Menschen, der seine Steuarn und Abgab'n zahlt? Wo ko mi oana beweis'n, daß i scho amol s' Nächsten Guat ang'rührt hätt? . . ."

„Red net lang und sperr auf!"

Der Niederegger betheuert noch mal seine Unschuld und ruft alle Heiligen zum Zeugen an, daß ihm Unrecht geschieht. Dann stößt er einen scharfen Pfiff aus und schreit:

„Toni, schaug oba! G'richt und Obrigkeit san do! Mach d' Thür auf!" —

Durch eine Dachluke schiebt sich ein weiblicher Kopf, scharf geschnitten wie der eines Raubvogels, und eine gellende Stimme ruft:

„Wos geit's?"

„Aufmacha sollst! De Herrn Schandarm mechtn' unsa bisl Hab und Guat a'schaug'n."

„Ein bissel g'schwind! ruft der Commandant."

„So, so, is die gnä' Frau da droben, und hat keine Ahnung, daß mir da find? Wahrscheinli ein Mittagsschläferl g'macht?"

Inzwischen wird die Thüre von innen geöffnet und die Eintretenden, welche sich tief bücken müssen, um nicht anzustoßen, stehen der Frau Niederegger gegenüber, welche laut über die Schande jammert, die ihr armes Häusel trifft.

„Gib Dir net lang a Müh," sagt der Commandant, „Du weißt schon seit einer Stund, daß 's Haus ausg'sucht wird. Jetzt geh voran, und Du auch Niederegger! Marsch!"

Die Hütte wird von den Gensdarmen eifrig durchsucht, während der Jagdgehilfe vor derselben Stellung nimmt.

Nach Verlauf einer halben Stunde kommen sie wieder heraus.

„Was ich g'sagt hab, nicht ein Stäuberl zu finden," ruft der Anführer. „Jetzt wollen wir der Form halber noch den Hof und den Garten durchsuchen."

Das geschieht mit dem nämlichen Mißerfolg, obwohl der Herr Blausteiner jeden Busch absucht, jeden Grasfleck visitirt und jedes Brett aufhebt.

Der Niederegger schaut ihm theilnahmslos zu und schüttelt nur hie und da den Kopf, als könnt er immer noch nicht mit dem Gedanken fertig werden, daß man so etwas von ihm glaube.

Endlich gibt auch der Jagdgehilfe das Suchen auf und schließt sich den Gensdarmen an, welche zum Fortgehen bereit sind.

„No Herr Commadant," sagt der Niederegger höflich, „jetza hat fi's Wetta a vazog'n."

„Ja, schau nur, daß 's net doch amal einschlagt," sagt dieser kurz und entfernt sich langsam mit den Andern.

Sie schreiten rüstig heimwärts durch das Schilfgras und ihre Gestalten heben sich scharf von der sonnenbeschienenen Haide ab.

Der Wind trägt noch den Schall ihrer lauten Stimmen herüber, bald aber liegt die Hütte wieder in friedlicher Stille, wie sonst.

Der Niederegger steht mit einem vergnügten Schmunzeln im Hofe und spricht zu seiner Frau hinauf, die durch eine Dachlucke die Abziehenden beobachtet.

„Paß auf, Bäuerin, ob da Jagdg'hilf net no amal umkehrt. Is er no dabei?"

„Ja; jetzt fan's scho beim Mooshansl; es fan ehana allaweil no vieri."

„So? Nacha hol i mir im Garten a paar Schlinga und geh in's Neuhäusler Moos nüber."

„That da Greaspecht epper gar no umkehren, nacha pfeifst und wann d' Luft sauber is, ko'st Du a wengl zum Fischen geh; heunt beißen's." —

Der Rauchklub.

Wenn Einer von den geneigten Lesern nach Kraglfing kommen sollte, was ja am Ende auch nicht ausgeschlossen ist, dann wird er im Nebenstübel des Wirthshauses einen blau und weiß gefärbten Schild bemerken mit der Inschrift:

„Rauchglupp Kraglfing."

Was ist das?

Allererstens ist es ein Schreibfehler vom Schreinermeister Wagerer, der es nicht besser versteht, und es soll „Rauchklub" heißen. Des zweiten und letzten aber ist es ein Zeichen, daß man auf dem Lande nach und nach das Bedürfniß fühlt, nicht blos Feuerwehr-, Veteranen- und Schützenvereine, sondern auch andere Vereine zu haben.

Es ist am Land wie in der Stadt. Wenn so sechs oder sieben Leut alle Abend beisammensitzen, dann geht ihnen das Gefühl auf, als müßt' es so sein, als erfüllten sie eine Pflicht. Und je weniger oft Einer sonst von Gehorsam oder Pflicht wissen mag, desto merkwürdiger und wichtiger kommt es ihm vor, daß er im Wirthshaus so pünktlich ist, und er findet eine ordentliche Genugthuung darin. So, daß er sich selber vorredet, was er für ein gewissenhafter Mensch ist.

„So gern thät ich heut' daheim bleiben," sagt er zu der Frau oder gar zu sich selbst, „so gern; ganz froh wär' ich, wenn ich nur einmal ausraften dürft', aber es geht nicht, es geht wirklich nicht. Ich muß zum Unterwirth. Ein wahres Kreuz ist es, aber was willst machen?"

Und im Wirthshaus fangt er dann zu sinniren an; Alles gewinnt eine gewisse Bedeutung. Der Platz, den er mit lauter Darauffitzen blank gehobelt hat, zeigt ihm die Spur gewissenhafter Thätigkeit; das Krügel, welches er jeden Abend zur Hand nimmt, gewinnt er lieb, schier wie einen langjährigen treuen Gefährten in der Arbeit.

Und was ihm nur der Wirth verdankt! Was ihm nur der Mann Dank schuldig ist. Der muß ihn doch anschauen wie einen Brodgeber und Herrn! Er sieht ihn gern in der Stube hantiren; da fühlt er sich recht als Gönner und überzählt in Gedanken die Liter und Hektoliter, welche er weggetrunken hat.

Das ist ein saures Stück Arbeit, was er hinter sich hat das Bier muß fort aus der Welt, und er hat sein redlich Theil gethan. Man sieht, es kann sich Einer als etwas Bedeutendes vorkommen und thut doch nichts Anderes als Bier trinken.

Den Uebrigen geht es ebenso; allein die bloße Uebereinstimmung genügt nicht, man muß ihr Form und Gestalt geben, und da es einmal deutsche Eigenthümlichkeit ist, über alles und jedes, besonders über Gesetze und Vorschriften herzhaft zu schimpfen, aber für das Wirthshaussitzen Statuten zu machen, gründet man einen Verein, dessen Bestimmungen jedem Mitgliede das erste halbe Jahr heiliger sind, als die zehn Gebote Gottes und die Staatsgrundgesetze. Denn was ein richtiger Anhänger ist, läßt Alles hinten, Weib und Kind, um für das Blühen und Gedeihen der „Concordia", oder des „Kegelklubs" oder des „betrunkenen Wagschettels" seine ganze Persönlichkeit einzusetzen.

Und ... ja so, da wäre ich jetzt beinahe in das Predigen hineingekommen, und ich habe doch bloß vom Kraglfinger Rauchklub erzählen wollen. Ich bin nämlich so glücklich gewesen, einer Generalversammlung desselben beizuwohnen. Das kam so.

Der Lehrer und der Förster haben mit mir Tarok gespielt. Beim vorletzten Umgang, Schlag 6 Uhr, sind auf einmal die sämmtlichen Mitglieder des Vereins gekommen und weil sie mich nicht hinausschaffen wollten, vielleicht auch, weil sie meinten, ich könnte am Ende korrespondirendes Mitglied werden, haben sie erlaubt, daß ich der lehrreichen Berathung zuhören durfte. Zum Zeichen meiner Dankbarkeit will ich den Hergang gewissenhaft und wahrheitsgetreu erzählen.

Als die sämmtlichen Mitglieder erschienen waren, nahm der Vorstand, der Badermeister Lippel, den Schlüssel und sperrte das Vereinsarchiv auf. Dasselbige war ein hoher Kasten, in welchem viele Pfeifen hingen, welche nun insgesammt in die Hände ihrer Besitzer gelangten.

Der Förster machte mich aufmerksam, daß dies ein sehr feierlicher und wichtiger Moment sei. Kein Mitglied ist nämlich berechtigt, sich selbst die Pfeife zu holen oder gar sie mit nach Hause zu nehmen. Jeder ist gehalten, den Tabak zu rauchen, welcher vom Ausschusse als jeweiliger Vereinstabak bestimmt wird, und es wird genau Protokoll geführt, wie viele Packete Tabak ein jedes Mitglied im Monat verbraucht. Um Schlusse des Jahres wird verkündet, wer den größten Konsum aufweisen kann, woran sich eine Belobigung für bewiesene Anhänglichkeit reiht.

Wenn mich der Förster nicht angelogen hat, so ist die Anerkennung jedem Mitgliede mindestens so viel werth als etwa eine Belobigung von Seite der kgl. Kreisregierung.

Also, nachdem diese Zeremonie vorüber war und die Unruhe des Pfeifenstopfens und Anzündens sich gelegt hatte, stand der Herr Vorstand auf und that einen kräftigen Räusperer.

„Bst! Bst!" machten die Andern.

„Meine Herren!" fuhr der Herr Vorstand fort. „Meine Herren! Indem daß unser Verein schon zwei Jahre besteht, und indem, daß er besteht, trotz aller Angriffe und Hindernisse . . ."

„Aha! Da moant er sei Frau damit," sagte der Förster . . .

„Das muß ich mir schon verbitten," schrie Herr Lippel, „verstehen's mich, ich laß mich von keinem Menschen durchaus nicht zerblecken . . ."

„Ruhe, Ruhe! Ausreden lassen! Was war denn jetzt dös! Lassen's doch unsern Herrn Vorstand mit Eanere Witz aus," ermahnte der Protokollführer, bis sich die Entrüstung gelegt hatte . . .

„Jawohl, meine Herren! Zwei Jahre hat unser Verein schon seine segensreiche Wirkung geübt, und immer haben wir, oder hätten wir, muß ich leider sagen, seine Fahne hochgehalten, wenn das nicht unmöglich wäre. Aber wir haben immer

noch keine, obwohl ich schon bei der Gründung gleich gesagt habe: „Eine Fahne gehört zu allererst her." Und das ist auch der Grund unseres heutigen Beisammenseins. Wir müssen endlich einmal uns entschließen, ob wir wie die Anderen eine Fahne haben wollen, oder ob der Verein zu Grund gehen soll. Ich bitte Ihnen, daß Sie jetzt Ihre Meinung abgeben..."

„.. Bravo! Recht hat er! Bravo!..."

Jetzt stand der Andreas Rogler, Bauer von Kraglfing auf und schrie: „Staad sein ein bisl! Ich hab' auch ein G'sätzl zum Hersagen. Meine Herrna! Ueberall wo man hinschaugt, is ein Bannür (Panier), überall steht geschrieben und gedruckt: „wir wollen dem Bannür treu bleiben", das Bannür gült als ein Zimbolium der

Eintracht und der Dreie. Deßweng haben sie auch bei alle Vereinigungen eine Fahnen. Bei der Militari, bei die Turner, bei die Schützen. Und unsere Deterana hamm sogar zwoa? Warum sollen den mir koan Fahnen hamm? Gerade so gut, als bei uns die Eintracht und die Dreie nothwendig is, braucha mir aa ein Zimbolium. Ich bin firti."

„Bravo!" schrie der Vorstand; „das is amal ein Manneswort."

„Dös haft schön auswendi g'lernt, Roglerbauer," sagte der Förster.

Beinahe wäre wieder ein Streit ausgebrochen, wenn nicht der Hofbauer schon dagestanden wäre und mit dem Krugdeckel geklappert hätte. „Bst! Bst!"

„Meine lüben Vereinsbrider, Kameraden! Oha! Jetzt waar i beinah in mei Deteranareb neikomma! Also meine Herrna! Indem daß der Rogler von ös zwoa Fahna g'redt hat, die wo wir bei unserm Deteranaverein hamm, und indem daß i scho zehn Jahr Vorstand bin, muaß i sagn: Wann er spötteln hat wollen, nachher zünd i eam a Licht auf, wann er aber bös ernst moant, alle Anerkennung. Respekt, sag i, und Recht hat er. A Fahna muß her. (Bravo!) Denn meine Herrna, als alter Vorstand kenn i die G'schichten. Wo a Fahna is, da is aa a Fahnaweih! (Bravo! Bravo!)

Und wo a Fahnaweih is, da kemma Leut z'famm! (Bravo!) Da kemma Verein z'famm aus 6 Stunden in der Rund (Bravo!). Und da braucht der Wirth was (Bravo!) und wenn der Wirth was vobeant, bringe mir unsere Säu und Kaibln o um a schön's Geld an (Bravo, Bravo!). J sag allaweil: Rühren muaß sie was.

Und no oans!

Was gibt's denn schöner's, als wann der Verein mit da Fahna und d'Musi voro aufziagt. Dös is a Leben, und macht an Anseh'n (Bravo!) So, jetzt wißt's ös."

Wenn ich ein Reichstags- oder Landtagsberichterstatter wäre, könnte ich vielleicht beschreiben, was für einen Eindruck diese Rede machte. So bin ich leider nicht im Stande, es zu thun. Ich denke mir aber, daß die lauteste Rede von Bebel oder Vollmar, wenigstens was den Erfolg anbelangt, ein Pfifferling dagegen ist.

Man hat in Kraglfing schon lange gewußt, daß der Hofbauer ein gesundes Maulwerk hat, aber so — das hätt' ihm doch Keiner zugetraut.

Alles hat geschrieen und mit Händen und Füßen getrommelt — und was die Hauptsache war, alle ohne Ausnahme haben sich überzeugen lassen.

Das soll ein Anderer nachmachen!

Es ist also der Beschluß einstimmig gefaßt worden, daß der Verein Rauchklub eine seidene Fahne erhält. Die Kosten seien zwar groß, meinte Einer, aber die gute Sach' verlangt es, da gibt es kein Raisonniren.

Ich habe nichts mehr zu erzählen, als daß der Herr Badermeister Lippel ein Hoch auf den Hofbauern ausbrachte; er betonte, daß der Verein glücklich sei, so edle Männer als Mitglieder zu haben, die sich aufopfern und das Herz auf dem rechten Flecke haben. Worauf dann der Hofbauer erwiderte, daß auch ein solcher Vorstand ein seltenes Exemplar sei, der sich so unvergeßliche Verdienste um den Verein erwerbe.

„Unser Herr Fürstand soll leben, hoch, hoch, hoch! Mit gedämpfter Stimme hoch!"

Man sieht: es ist auf dem Lande ganz so, wie bei uns. Nächstdem erzähle ich von der Fahnenweihe, bei der aber nicht blos der Wirth, sondern auch das Gericht und der Advokat etwas zu verdienen bekamen.

Die Fahnenweihe.

Vorbereitung.

Versprechen macht Halten. Deswegen will ich jetzt erzählen, wie der Kraglfinger Rauchklub seine Fahnenweihe abgehalten hat. Und zwar schön der Reihe nach.

Also eines Tages sagt der Postbote zum Badermeister Lippel: „Du, beim Postamt enten liegt schon seit drei Täg a Kisten für Di umanand. Du sollst's holen lassen, hat der Expeditor g'sagt."

„A Kisten?" fragt der Lippel und legt den Finger an die Nase, „i hab do koane mödizünischen Instrumenter net b'schtellt? Jessas na," sagt er, „dös is am End gar unfer Fahn! Da muaß i aber glei nüber zum Hofbauer, daß er einspannt."

Und eine Viertelstunde später sauste ein Wägerl mit dem Lippel und dem Hofbauern zum Dorf hinaus, daß die Stein geflogen und alle Hunde rebellisch geworden sind. „Da muaß oana schwar krank sei, weil da Bader gar so außi roast," sagte die alte Binderin, welche das Fuhrwerk sah, und bekam ein recht großes Mitleid. Die Zwei aber fuhren wie der leibhaftige Satan zum Postamte Huglfing und konnten es kaum erwarten, daß ihnen die Kiste ausgeliefert wurde.

Endlich kam sie und auf dem Deckel stand: Fahnenfabrik in Bonn a. Rh. „Hurrazdas! Pack's bei der Haf! Ham ma's scho," schrie der Hofbauer. „Woaßt was, Baderwaschel, öd Fahn thean ma glei außa und fahr'n damit ins Höft, daß mir was gleich segn."

„Na! Hofbauer," erwiderte spinngiftig der Lippel, „dös gibt's net. So lang i der Vorstand bi, laß i einen solchenen Frevel nei zua. Wenn dö Fahn zum erschtenmal öffentli enthüllt werd, muaß da Präsentirmarsch her und a Fahnajunker mit aner Schärpen und weiße Handschuah. Dös kimmt net vor, daß an unser Ehrenbanner a Jeder sei Pratzen hinwischt. Uebrigens gib i Dir no lang koan Baderwaschel ab, daß D'as woaßt."

„Oehö, nur net gar a so gach! I hab Di net beleidingen wollen, Lippel. Aber mit der Fahnen, da kunnst Recht hamm. Laß ma's in da Kisten drin; deswegen könna ma do aufrebelln. I hol an Schneider Toni, der muaß mitfahrn und sei Zuichharmonika spüll'n."

So geschah es. Auf dem Bocke saß der Toni und spielte ohne Aussetzen den Tölzer Schützenmarsch und neben ihm pfiff und schnalzte der Hofbauer. Als sie beim Oberwirth ankamen, versammelte sich baldigst der Rauchklub und es wurde im Vereinszimmer die Kiste geöffnet. Ein allgemeines Uh! ertönte, als die himmelblaue Fahne sichtbar wurde.

Sie war sehr schön, und — wie am darauffolgenden Samstag das Distriktsblatt meldete: „von blendendem Glanze, geschmackvoller Symbolik und kunstreichster Ausführung." In dem blauen Felde kreuzten sich in Gold gestickt zwei Pfeifen, über denselben schwebte ein purpurrother Tabaksbeutel. Von Eichenlaub umrankt

zeigte sich oben die Inschrift: „Rauchklub Kraglfing" und unten: „Eintracht wohnt in unsrer Mitte." Zur Erhöhung der Pracht war in jedem Ecke ein silberner Stern mit Strahlen angebracht.

Nachdem sich die erste Aufregung gelegt hatte, wurde eine Generalversammlung abgehalten. In gehobener Stimmung schritt man zunächst zur Wahl des Fahnenjunkers. Sämmtliche Stimmen — auch seine eigene — erhielt der Hofbauern Nazi, welcher Umstand jedoch, wie ich hier gleich erwähnen will, beinahe das Fest verzögert hätte. Als sich nämlich der Nazi auf Befehl des Ausschusses weiße Handschuhe kaufen sollte, begegnete er den größten Schwierigkeiten, da alle Handschuhhändler in der Hauptstadt erklärten, eine solche Nummer existire leider noch nicht.

Zum Glück für den Rauchklub und unsern Nazi sprang im letzten Augenblicke der Huglfinger Sattlermeister ein und sagte, er wolle die Geschichte probiren und die Handbekleidung aus Rindsleder verfertigen. Wie alles in der Welt sein Gutes hat, so zeigte sich auch späterhin diese vermeintliche Kalamität als sehr vortheilhaft. Die gröbliche Beschaffenheit seiner Handschuhe war dem Nazi von großem Nutzen, wie wir später sehen werden.

Doch um wieder auf die Generalversammlung zu kommen nach dem Fahnenjunker wurden die Ehrenjungfrauen gewählt und sodann das Festcomité, welches sofort seine Berathung begann. Ich bedauere lebhaft, daß ich nicht alle Vorschläge und Debatten mittheilen kann, aber es würde zu viel, und ich muß auch mein Papier sparen. Ich will nur berichten, daß sich eine große Redeschlacht entspann über die Frage, in welchem Wirthshause der Festakt stattfinden sollte. Und da man auf dem Lande das falsche Zartgefühl nicht so häufig findet, darf es Niemand verwundern, daß sich die Wirthe selbst lebhaft an der Streitfrage betheiligten.

Wer weiß, was geschehen wäre, wenn nicht unser Freund, der Hofbauer, wieder einmal den Nagel auf den Kopf getroffen hätte.

„Jeder Wirth," sagte er, „zahlt Steuern und möcht was verdienen; warum soll denn nachher grad Oaner an Profit macha? Da gab's nix, wia lauter Verdrießlichkeiten und das ganze Jahr that ma anzwidert wern. Also mach ma die Sach kurz und gengan zu an Jeden. An Vorabend halt ma beim Unterbräu, an Frühschoppen und 's Mahl beim Oberwirth, und auf den Nachmittag halt ma an Baal beim Lamplwirth. Da kimmt a Jeder zu sein Sach."

Damit war diese schwierige Frage gelöst; alles andere gab sich verhältnißmäßig leicht. Die Fahnenweihe wurde angesetzt auf Sonntag über vierzehn Tage, damit Jeder Zeit zur Vorbereitung hatte. Und sie wurde gut benützt. Die Mannerleut kamen jeden Abend im Wirthshause zusammen, um sich zu berathen; die jungen Burschen standen oft haufenweise beisammen, um sich heimlich zu besprechen, oder sie musterten daheim ihren Vorrath an Haselnußstecken und ergänzten ihn nach Bedarf.

Mit den Mädeln war es ganz aus; die Frauenzimmer haben bekanntlich alle mit einander eine Geheimsprache und können lachen, kein Mensch weiß warum. Wenn sie sich aber auf etwas freuen, haben sie völlig ein schieches Gethu. Beim Beten fangen sie mittendrin das Kichern an und wenn dann die Bäurin Ruh schaffen will, hält die ein oder ander ihr Trumm Hand vor den Mund und schluckt und gurgelt so lang, bis die ganz Heerd hinausbrüllt und die Andacht gestört ist.

Beim Essen rennen sie einander mit den Ellenbogen an oder patschen die Löffel in die Suppe, und redest dann eine wegen ihrer Unart an, dann bleibt ihr vor lauter Lachen ein halbes Pfund Knödel im Hals stecken und mußt froh sein, wenn sie nicht gleich gar ersticht. Kurzum es weiß Jeder, wie es die Frauenzimmer machen und wenn ich sage, daß die vierzehn Tage in Kraglfing waren, wie sonst die Woch vor der Kirchweih, dann langt es schon.

Doch das muß ich den Mädeln zur Ehre sagen, daß keine so tramhappet war, wie — der Bader. Der Mensch war wie ausgewechselt, seitdem er als

Festredner gewählt war. Wenn er im Wirthshaus saß, schaute er stundenlang in ein Eck und bewegte die Lippen, als wenn er Brevier beten müßt. Anreden hat ihn Niemand dürfen und wenn er Abends spazieren ging, hat er sich die einsamsten Wege ausgesucht.

Der Schäfer-Hansl hat ihn in einer Sandgrube gesehen, wie er ganz fürchtig mit den Armen herumschlegelte, und bald stat, bald recht laut an die Wand hinredete. Mein Freund, der Förster, erzählte mir — und dann ist es gewiß wahr —, daß ihm drei Tage vor dem Feste eine spaßige Geschichte mit dem Bader untergekommen sei. „Wie ich zu unserem Herrn Medizinalrath in den Laden komm," sagte er, „sitzt schon der Hiasbauer da und laßt sich seine polizeiwidrige Façade abkratzen. Der Lippel hat ihn bei der Nasen, rasirt ihn aber net, sondern schaut in die Höh', als wenn er auf der Decken ganz was besonders beobachten müßt'. Der Hiasbauer, die ganze Visage voller Seifen, glotzt noch dümmer wie sonst, und schiegelt bald auf's Rasirmesser, bald auf die Decken. Endlich wird's ihm doch z'dumm und er brummt: „Fang amol o, Bader."

Der Lippel fahrt z'samm, als wenn er aufwachen thät, und fangt langsam das Kratzen an. Er is aber no net mit der Hälft ferti, spinnt er scho wieder. Des'mal schaut er gradaus, und ziagt die Stirn z'samm, wia der Napoleon in der Schlacht. Un Hiasbauern hat er alleweil no bei der Nasen. Auf oamal schreit er: „Blicken wir hinauf, wo unser Banner rauscht," und dabei reißt er an Hiasbauern sein Vorsprung in d'Höh und deut' mit dem Rasirmesser wieder auf die Weißbecken.

„Auslassen, auslassen," jammert der Hiasbauer, traut si aber net rühren von wegen dem Rasirmesser. Mi freut de Gaudi, und weil i außerdem dem schelchen Spitzbuam die Angst gönn, sag i: „Was hast denn für a Gschroa, Hiasbauer, siegst net, daß da Herr Medizinalrath blos zu Deiner Unterhaltung deklamirt?" Indem besinnt sich der Lippel wieder und rasirt weiter. Wie er ihm grad an der Gurgel herumkitzelt, fangt er wieder an:

„Hochgeehrte Festversammlung! Es ist ein herzerhebendes, es ist ein schönes Fest, das uns vereint," und dabei zlagt er jetzt an Hiasbauern, der vor lauter Angst schwitzt, ein bissel grabaus, „blicket auf die stolze Trophäe, die ich halte" . . . . „Jessas na," winselt der Hiasbauer, „laß mi a bißl aus, Lippl, i bitt Di gar schö, i muaß niaßen." Und wia 'n der Medizinalrath wirklich loslaßt, springt er auf, schmeißt an Stuhl um und naus beim Tempel. „Baderwaschel, trapfter, damischer," hat er no g'schrian, und schö war's, wia sei G'sicht halbert rasirt und halbert voller Seifen war. „Was hat denn der Mensch?" fragt der Lippel, und schaut mi ganz verwundert an. „Ja, sag i, der werd si halt auf zwoamal rasiren lassen wollen, damit 's net so viel kost. I wart aa, bis 's Fest vorbei is, sonst kunnten's am End jetzt eana ganze Red halten, und i hätt am Sunntag koan Spaß mehr."

Damit bin i gangen. Und i sag blos, wenn die Fahnenweih net bald is, nachher hat's was mit dem Baber, und aa mit dem Hofbauer. In dem sein Haus is jetzt alle Tag Kirchweih. Der Alt übt si auf oa Klub- und zwoa Deteranareden ei, der Jung lernt 's Fahnenschwinga und probirt seine neuen Handschuha. Gestern hat er dem Zeißler-Lenz a Schellen damit geben, daß er drei Zähn verloren hat. Aber blos aus G'spaß."

Der Förster hat vollauf Recht gehabt. Die Aufregung ist in Kraglfing jeden Tag größer worden, und auch Ihr, liebe Leser, werdet froh sein, wenn die Vorbereitung aufhört und das Fest anfangt.

Ich auch.

Das Fest.

„Seppl, thua no a Hand voll in Pöller nei und fetz 's Kapsel auf! Hast as? So, und jetzt paff' auf'n Peterl auf, wann er sein Huat in d' Höh schmeißt, na geht's los."

„Ham ma's? Firti!"

Pum! Pum! Pum!

Im nämlichen Augenblick, wo droben auf der Kraglfinger Höh der Gemeindediener und Kanonier seine Pflicht thut, kommandirt herunten im Dorf der Herr Kapellmeister: „Ganzes Bataillon, vorwärts maarsch!" und tschindabarabada, tschindabarabada geht der Tagrebell an. Das ist aber nicht wie in der Stadt, wo aus jedem Fenster ein verschlafenes Gesicht herausschaut und wieder verschwindet, wenn die Musik vorbeimarschirt ist. Da stehen schon die meisten Leut unter der Hausthür und warten bloß auf das Mitgehen; wenn wirklich einer noch im Bett liegt, dann geht es heraus wie beim Feuerlärm. Waschen gibt's heut nicht in dem Fall und die nächsten fünfzig Schritt hat er die Andern schon eingeholt.

Also lustig durchs Dorf, beim Camplwirth vorbei, wo gerade eine Sau ihren letzten Schrei thut, und hinauf zum Oberwirth, dann wieder hinzruck, und so weiter, bis der C-Trompeter erklärt, jetzt sei ihm die Herumlauferei zu dumm und er thät nimmer mit.

So bricht der große Festtag in Kraglfing an.

Allgemach wird es sieben Uhr.

Beim Gemeindehaus hat sich bereits das Comité versammelt und wartet auf die einheimischen und auswärtigen Vereine. Der Hofbauer ist in helllichter Verzweiflung, weil er überall nothwendig wär und sich doch nicht in drei Theil auseinanderreißen kann. „Wenn i nur wißet, wia i dös macha soll, Lippel," sagt er. „Beim Camplwirth warten dö Veterana auf mi und beim Unterwirth d' Feuerwehr. D' Veterana muaß i kummandiren, sunst kemman's daher wia a Heerd Schaaf; bei der Feuerwehr bin i schier gar no nothwendiger, denn was thaten dö ohne Spritzenkommandant? Und wenn i nöt da bin, wer begrüaßt nachher dö Verein? Du ko'st bloß dö Red, dö wo Du auswendig gelernt hast und dö liegt Dir im Mogen wia a dreipfündiger Knödel, dös ko guat wer'n."

Aber der Herr Medizinalrath schenkt ihm kein Obacht; er schaut mit ein paar gläserne Augen bloß alleweil auf die Kirchenuhr und mit jedem Ruckerl, den der Zeiger macht, wird's ihm schlechter.

„Jetzt is scho simmi," sagt er für sich hin, „um halb achti kemman dö Auswärtigen, in oana Stund muß i mei Red halt'n. Auweh, auweh, i wollt, i lieget dahoam im Bett."

„Hörst net," fangt sein böses Gewissen, der Hofbauer, wieder an, „moanst vielleicht, wenn'st a G'sicht machst wia a verbrennte Wanzen, nachher trau'n si dö Verein net her? Was hast g'sagt? . . .

„J wollt, . . . i wollt, mir hätt'n koa Fahn," sagt der Lippel.

„So? Wer hat denn nachher die ärgsten Sprüch runterg'haut vom Ehrenbanner und Fahnajunker und Pratzen hinwischen? Woaßt wos, i geh jetzt zu meine Veterana, vo mir aus lo'ßt ins empfanga, wia's D' magst. Pfüat Di!"

Und damit geht das dreifache Festcomité, der Hofbauer, vom Gemeindehaus weg zum Camplwirth, wo die |Herren Kameraden bereits einen Eimer Bier und etliche Kränze Stockwürst bei Seite geschafft haben.

„Ah! der Herr Dürschtand! Aa scho da? Hoft bo Zeit vor lauta Pfeiferlverein?"

Mit solchen Fragen wird er empfangen, aber das bringt ihn nicht aus der Ruhe. Mi scheint, sagt er, i kimm alleweil no früha gnua zu die Würschthäut; was anders habt's a so nimmer übri lassen. Aber jetzt stellts Enk auf, daß ma koa Zeit vertrag'n. An—trötten! Schtüll schtanden! Rechts um! Vorwärts maarsch! Der Polenfepperl schlagt einen Wirbel, und dann geht es Schritt und Tritt zum Gemeindehaus. Wie der Zug dort ankommt, schreit der Hofbauer wieder: Pa-tal-jon haalt! Front! Und dann geht er ernsthaft auf den Baber zu, legt zwei Finger an den Hut und sagt: Zur Schtölle! (Stelle.)

„So," meint der Lippel, „bist wieder do? Dös is g'scheid, d'Feuerwehr werd a glei do sei."

Aber der Hofbauer rührt sich nicht und hat immer noch die Finger an der Hutkrempen. „Du mußt an Verein begrüaßen," pispert er.

„Ja fo! S' Good meine Herren! Es freut mi, daß S' do san. Dö Andern wer'n aa nimmer lang aus sei."

„A schöne Begrüaßung," brummt der Hofbauer, aber es erbarmt ihn über den armen Baber und er thut, als sei alles in Ordnung. Deßwegen winkt er dem Kapellmeister, der den Präsentirmarsch aufblasen läßt; drei Chargirte, der Fahnenjunker und zwei Begleiter, treten vor und nehmen bei dem Baber Aufstellung; die andern Herren Kameraden dürfen nach dem Commando „rührt Euch" Schmalzler schnupfen und einen Diskurs anfangen.

Gleich darauf kommt die Feuerwehr, ausgerüstet als wenn es brennen thät. Bloß daß sie die Spritzen daheim gelassen haben. Diesmal übernimmt der Hofbauer die Begrüßung und es klappt besser. Die Ceremonie ist noch nicht ganz fertig, da laufen schon die Schulbuben daher und schreien: „b'Huglfinga kemma", „b'Zeidelhachinga kemma". Beim Schulhaus herum zeigen sich die Fahnen, schmetternde Musik ertönt, der Hofbauer setzt sich in Positur: Achtung! Präsentirt's G'währ! Halt! Schtüll schtanden! Front! Ein Mordsspektakel, Präsentirmarsch, Kommando, einer brüllt lauter wie der andere; bloß der Bader ist mäuserlstill und macht ein Gesicht, als thät man ihm am ganzen Leib Schröpfköpf setzen.

Ich will es kurz machen und berichte nur, wer alles gekommen ist. Also zuerst die Huglfinger Veteranen, hernach die Zeidelfinger Veteranen. Dann die Zeidelhachinger Feuerwehr, die Hintermochinger Feuerwehr, der Gesellenverein von Kraßling, die Bachinger, Feichtelhaufer, Simmertshofer, Grublinger, Roglinger Feuerwehren, die Watschenbacher, Bratlhaufer, Obermoorer Veteranen, die Zimmerstutzenschützen von Glaching, Lackelhofen und Wutzling, und zuletzt der Aloisiusverein von Winzing, 17 Vereine mit 22 Fahnen, denn mehrere haben eine alte und eine neue gehabt. Nach dem Festprogramm mußte jetzt ein Zug arrangirt werden zum Lamplwirth, wo der Festplatz hergerichtet war und die feierliche Uebergabe der Fahne durch die Ehrenjungfrauen erfolgen sollte. Das ist aber leichter gesagt als gethan. Denn bis 500 Mannerleut in Ordnung stehen und jeder Verein einen Platz hat, der ihm paßt, nicht zu weit vorn und nicht zu weit hinten, geht es lang her.

Endlich war alles so weit, daß es losgehen konnte. An der Spitze marschirten die Ehrenjungfrauen, dann kam der Rauchklub, hinterdrein der neu gewonnene Kartell- oder Bruderverein, die Zimmerstutzenschützen von Wutzling; die andern folgten in wohlbedachter Ordnung. Dreimal ging es um Kraglfing herum, dann hielt der Zug beim Lamplwirth. Auf dem Podium stellten sich die Ehrenjungfrauen in ihren frisch gewaschenen weißen Kleidern auf; ihre Anführerin, die Hofbauern Cenzl, hielt das Band, welches die Frau Badermeisterin für die neue Fahne gestiftet hatte. So war alles bereit und der feierliche Akt konnte beginnen.

Unter der Hausthür des Lamplwirthes erschien der Nazi mit dem verhüllten Banner. Seine riesigen Hände krampften sich um den Schaft, seine Blicke waren nach vorne gerichtet und er ging unter den Klängen des Muffinanmarsches auf das Podium so ängstlich zu, als trüge er einen ebenvollen Teller Suppe und dürfe kein Tröpferl verschütten. Weil er den Antritt nicht sah, kam er in's Stolpern und fiel streckterlängs auf das Podium hinauf. Zum Glück paffirte der Fahne nichts; es war so Aerger und Schand genug für den Nazi, wie die dummen Leute lachten und schrieen. Er putzte sich die Kniee ab und merkte sich in der Geschwindigkeit ein paar Huglfinger, die am lautesten thaten.

Allmälig wurde es wieder still und man wartete darauf, was jetzt kommen werde. Und lang kam gar nichts. Die am nächsten beim Podium standen, konnten sehen, wie der Hofbauer den Lippl am Aermel zog und in ihn hineinredete; hie und da verstand man auch ein paar Brocken.

„Lippl, Du kimmst dro. Mach, daß D' nauf kimmst.

„J ko net."

„Du muaßt."

„Na! sag zu die Leut, ich bin krank worn oder mir hat's d' Red verschlag'n. Mir is alles gleich."

„Dös geht net. Da schaug zu Deiner Frau num, de wart' aa scho auf Di. Was moanst denn, daß de sagen that?"

„Hofbauer, geht's gar net anderst?"

„Na," sag i, „Du muaßt Dei Red halt'n."

In Gott's Nam!

Und mit einem tiefen Seufzer, der bis zu hinterst aus dem Magen herauskommt, steigt der Baber auf das Podium.

Das Aussehen ist so, als müßt er seinem besten Freund die Leichenred halten, und könnt nicht anfangen vor lauter Wehmuth und Trübsal.

„Hochansehnliche Festversammlung! Indem . . ., wo wir uns heite versammelt haben . . ., ja, gesammelt haben, ah . . ., indem daß wir ein Fest feiern. Es ist ein seltenes Fest, es ist ein erhabenes Fest, es ist ein großes Fest . . ., es ist ein Fest und eine erhabene Trophöe, die wo wir in Händen halten. Blicket hinauf, wo unser Rausch dem Banner folgt . . ., ah, wo unsere Banner, wo der Rausch . . ., jetzt kon i nimmer . . .!"

Sternelement! Kreuzbirnbaum und Hollerstaud'n, ist das zuwider! Jetzt steht das Häuferl Elend da droben auf dem Podium und schnappt nach Luft wie ein geangelter Karpfen! Sonst hat er jeden Abend auf der Bierbank eine solche Brati-

goschen, daß man meint, er könnt alle Politiker niederreden, wann er bloß möcht, und jetzt blamirt er ganz Kraglfing und bringt nicht einmal die Pamperlred fertig. Was bloß die Auswärtigen daheim verzählen werden! . . .

Aber Gottlob, da steht schon der Helfer in der Noth bei ihm, der Hofbauer. "Hochgeehrte Festversammlung, schreit er, liebe Gäste und Kameraden! Unserm Herrn Fürstand is' a Malheur passirt; er hat mir gestern scho gesagt, daß er ein fettes Schweinern's derwischt hat und jetzt hat er a Fiaber kriagt. Aber dös macht nix. D' Hauptsach is die Meinigung, und dös, was er sagen hat wollen. Und drum der Rauchklub soll leben; süsat hooch! hooch! hooch!"

Das soll dem Hofbauer in's Wachs'l druckt werden, daß er die Geschichte noch so herausgerissen hat, das soll ihm schon keiner vergessen. Indeß hat das Fest doch nach dem Programm weiter gehen können; der Nazi enthüllt die Fahn, die Cenzl hängt das neue Band hin und halt dann die Fahn so lang, bis die Leitzenbauern Nannl ihren Vers hergesagt hat.

> Noch gleichet Eier kleiner Kreis
> Dem leicht bewegten schwachen Reis,
> Doch wird er wachsen immerdar
> Und größer werden Jahr für Jahr,
> Wenn Ihr, wie jetzt in Einigkeit,
> Nur pfleget die Geselligkeit,
> Drum, daß Ihr immer thut desgleichen,
> Deß sei die neue Fahn ein Zeichen,
> Weil Freindschaft steht auf dem Panür,
> Drum leb' der Rauchklub für und für!

Gemacht hat das Gedicht der Herr Hilfslehrer, und ich behaupte, daß es schön war. Auch muß ich sagen, daß die Nannl ihr Sach' brav machte; sie legte jedesmal den Ton auf die letzte Silbe, damit man hören konnte, daß sich die Versl auch reimen, und mit der Hand fuhr sie so schön auf und ab, als thät sie G'sott schneiden. Den Zuhörern hat es gut gefallen und jedenfalls wäre der Eindruck noch besser gewesen, wenn nicht viele Leute auf den Bader Obacht gegeben hätten, der seit einer Viertelstunde alleweil Leibschneiden markirte, damit jeder an seine Krankheit glauben möcht.

Mit der Nannl ihrem Gedicht war der Festakt beim Camplwirth gar. Der Zug stellte sich wieder auf, nachdem der Nazi die Fahne von den Ehrenjungfrauen

zurückbekommen hatte, und man marschirte lustig zur Kirche hinunter. Ich denk'
aber, wir gehen nicht mit, weil doch noch mehreres zum beschreiben ist, und schauen
lieber zum Oberwirth hinauf, wo für den Frühschoppen und das Mahl schon alles
hergerichtet ist. Der Saal ist bald betrachtet. Er schaut so farbenprächtig aus wie
ein Karoussel auf der Oktoberfestwiesen; lauter rothe und blaue Tüchel hängen an
der Wand, und zwischen zwei Fenstern ist allemal ein Spiegel. Die Fenster sind
gut zugeschlossen, daß „der Sommerluft" nicht herein und der Fliegenschwarm nicht
hinauskann. Es ist deswegen schon jetzt recht angenehm warm in dem Tanzsaal.
In fünf langen Reihen stehen die Tische, alle sauber gedeckt, was einen freundlichen
Anblick gewährt.

In der Kuchel erfragen wir bei der Frau Wirthin, die einen brennrothen
Kopf auf hat und mit sehr vernehmlicher Stimme ihre Trabanten kommandirt, was
es heut für gute Sachen gibt. Zum Frühschoppen: Lüngerl mit Knödel, hernach
Bratwürst und Stockwürst. Zum Mahl: Leberknödel, Gansjung, Rindfleisch, Gänse
und Enten, hernach Schweinernes und Kälbernes und zum Draufsetzen Schmalznudeln
mit Sauerkraut.

„Moanens, daß bös Menü g'langt?" fragt die Frau Wirthin, da hört man
schon um das Eck herum einen schmetternden Marsch blasen. Das ruft in der Kuchel
eine schreckhafte Aufregung hervor. „Cenzl, Gretl, Nannl, d'Würsch ei'thoa! Moni,
wo steckst denn? Den großen Hafen her! D'Würscht umrühren! D'Teller her=
richten ... Ratsch, pum! Jessas, Marei! jetzt laßt das Weibsbild einen Arm voll
Teller fallen! Glaubst, i hab's g'stohlen?" ... Das Wasser zischt auf dem Heerd,
Dampfwolken steigen aus den Kesseln auf, Teller klirren, Befehle ertönen und dazu
blasen jetzt ohrenzerreißend die ersten Musiker schon im Hausgang. Immer neue
Schaaren drucken herein und in kurzer Zeit ist der Saal gesteckt voll.

Die Kellnerinnen laufen hin und her, stellen da einen riesigen Hafen voll
Lüngerl hin, dort einen Schanzkorb voll Knödel, bringen im Geschwindschritt die
gefüllten Krügel und Gläser, hören da auf eine Frag, geben dort eine Antwort,
kurz eine Viertelstund lang ist alles in Aufregung und Bewegung, bis jene Ruhe
eintritt, die bezeigt, daß Gottlob jeder Gast sein Sach hat, und die nur von dem be=
haglichen Schlürfen und Löffelklappern unterbrochen wird.

In diese Idylle hinein blast auf einmal der C-Trompeter das bekannte Signal, und es erhebt sich am mittleren Tisch die lange Gestalt des Hofbauern, welcher die erste von seinen vorhabenden drei Reden losschießen will.

„Meine Herrna! Lübwerthe Festgenossen! Wür kommen von einer erhebenden Feuer und die zindenden Worte unseres fürschtandes, des Herrn Lippl,

Herr Lippel,
approb. Bader.

sind noch in unserer Erinnerung. (Murmeln und Gelächter.) Aber indem unser Fest so schön geworden ist, missen wür nachdenken, wer schuld daran ist. Das sünd die Verein, die wo mitgewürkt haben, das sünd die Gäste, die wo gekommen sünd. (Bravo!) Lübe Vereinsbrider! Das ist ein schönes Zeichen von Briderlichkeit, indem daß von weit her die Leut gekommen sünd, und das dürfen wir nicht vergessen, indem sie so große Opfer gebracht haben und heite noch bringen werden. (Bravo!)

Die Fahnenweihe ist wie eine Kindstauf, wo die Hauptsach der Göd (Pathe) ist. Unsere Göden das sind die Gäst' und wür müssen ihnen versprechen, daß wir brave Godeln sein wollen (Heiterkeit), jawohl! und daß wir überall hinkommen wollen, wo sie ein Fest feuern, und uns durch gar nichts abhalten lassen, indem, daß auch wir briederlich sind. (Bravo!) Lübe Vereinsbrider! Die Göden sollen leben hooch! hooch! hooch! Mit gedämpfter Schtümme hooch!"

  Eine gute Red ist mehr werth als zehn Musikstück; sie macht mit einem Schlag eine freundliche Stimmung und Jeder wird lustig, wenn er sieht, daß das Richtige gesagt worden ist. Freilich meinen dann Viele, sie müssen noch ein Bisserl was dazu thun, damit ja nichts mehr fehlt, und deswegen kriegt überall, in Kraglfing so gut wie anderswo, eine gute Red so viele Junge. Wenn die Festgäste jedesmal das Essen aufgehört hätten, sobald der C-Trompeter verkündigte, daß wieder Einem eine Red noth sei, dann wären alle Schüsseln kalt geworden. Sie paßten nicht mehr auf und säbelten ruhig weiter, und so ist wohl manches richtige Wort vor Tellerklappern und Messerklirren überhört worden. Nach dem Hofbauern stand der Vorstand der Mutzlinger Schützen auf und feierte den jungen Verein, hernach kam der Feuerwehrkommandant von Zeidelhaching mit einem Hoch auf die Veteranenvereine, der Loibl von Watschenbach ließ dafür die Feuerwehr leben, und so ging es weiter, bis alle 17 Vereine wenigstens einmal zum Wort gekommen waren.

  Dazwischen wurde auf das Trinken nicht vergessen und als das Mahl seinem Ende zuging, war die Stimmung schon recht gehoben. Bald stand dort und da einer von seinem Platz auf, um am benachbarten Tisch einen Besuch zu machen und Bescheid zu trinken, alte Freunde rückten näher zusammen und begannen einen wichtigen Diskurs über das heurige Jahr und den miserabligen Wachsthum, und an den Tischen, wo die Jungen saßen, probirte schon hie und da einer seine Singstimme. Die Temperatur war gut warm geworden und an der Decke erstickten die Fliegen langsam im Zigarrenrauch.

  Der letzte Gang war vorbei, die meisten hatten schon von dem Bratl nichts mehr gegessen, sondern ihr Theil säuberlich mit ein Bissel Sauce und Salat eingewickelt für Weib und Kind; jetzt hieß es aufbrechen zum Lumpwirth, wo mit Gartenfest und Ball das Fest seinen Abschluß finden sollte. Die Jungen waren rasch verschwunden, mit Ausnahme der Fahnenträger, die sich jetzt über ihre bevorzugte Stellung ärgerten, weil sie nicht so schnell zu den Mädeln kommen konnten und langsam mit ihren Fahnen nachgehen mußten. Die Aelteren blieben noch ein wenig beim Oberwirth sitzen; besonders der Bader konnte sich nicht entschließen, das Lokal zu verlassen; es grauste ihm ein Bissel vor seiner besseren Hälfte wegen der Festrede und um sich möglichst gut für Daheim vorzubereiten, erklärte er jetzt seinen Tischnachbarn Art und Ursache seines Leidens.

„Also," sagt er, „i steig auf's Podium und wia 'r i mit'n rechten Fuaß nachtritt, spür i scho so a spaßige .. wia muaß i glei sag'n ... so a, so a ... Oes versteht's mi scho .."

„Jawohl," sagt der Hofbauer.

„Also i denk mir, auweh, Lippl, da hat's was, und richtig, wia 'r i 's Maul aufmach, is mir g'rab, als wenn ma oana mit an glühenden Eisenstangel in Mag'n neißechet und drahet 's drin a paarmal um ... es hat mei ganze Geisteskraft dazu g'hört, daß i überhaupts red'n hab kinna, an anderer war umg'fallen ..."

„Ah, Ah, dös is a merkwürdige G'schicht", sagt der Loibl von Winzing, „aba jetz is da wieda bessa ...?"

„No, wia ma's nimmt," meint der Lippl, „ma muaß halt an Energie hamm .."

„Aba dös Schweinerne, wo Dir de Beschwerden g'macht hat," fällt jetzt der Hofbauer ein, „dös hast do ziemli guat zuadeckt. Drei Paar Stockwürscht und von jedem Gang a halb's Pfund hat Di wieder aufg'richt."

„Gel," schreit jetzt der Lippl, „gel Hofbauer, Du moanst, Du bist jetzt da Grasober, weilst bei alte Veteranared aufg'warmt hast. So a Red ko oana mit dem größten Leibschneiden halt'n, da wer'n höchstens dö andern Leut krank, aba mei Red' ...."

Wir wollen den Disputat, der immer heftiger wird, verlassen und auch schön langsam durch das Dorf zum Lamplwirth hinuntergehen. Die Fröhlichkeit im Garten bleibt nicht lange aus, denn die Mannerleut haben schon vom Mahl her angerauchte Köpfe und die Weiberleut sind leicht zufrieden, wenn sie auch einmal beim Bier sitzen dürfen. Aus dem oberen Stockwerk des Wirthshauses rauscht die

Tanzmufik; alfo ift da die Luftigkeit auch fchon im Gang, fie entwickelt fich jetzt unten und oben gleichmäßig weiter.

Herunten wird die Unterhaltung mit jeder Viertelftunde lauter. Die Einigkeit in den Meinungen fchwindet und alte Feindfeligkeitenwerden aufgefrifcht im Bierdufel.

„Moanft i woaß net, daß D' im Auswarts (März) 's March verruckt hoft," fangt Einer an, aber moring laß i de Feldg'fchworna kemma, da werd ft bei Schlechtigkeit ausweifen."

„Wos hob i?"

„Jawohl hoft as. Und in Roan hoft einig'ackert. Aba jetzt kimm i Dir advikattfch."

„Seid's do ftaat, Leut! Zum Streiten feid's do heunt net do," mahnt ein Vernünftiger ab und bewirkt für diesmal Ruhe.

Aber fchon hört man unfreundliche Laute von einem andern Tifch her.

„Wos bin i? Wos hoft g'fagt? A fchlechta Menfch bin i?" „Bft! Staat! D' Mufik fpielt."

Noch hat fie Macht über die Gemüther und verkehrt den aufflammenden Zorn in Heiterkeit. Die männlichen Zuhörer begleiten mit Fingerfchnackeln und Pfeifen den luftigen Marfch. Befonders der Loibl von Huglfing ift völlig ein Virtuos in der Kunft, denn er bringt auch die tiefen Töne fertig, indem er das Maul zufpitzt wie einen Schweinsrüffel und mit der Hand darauf fchlagt.

Wer das Landleben nicht kennt, hätte jetzt meinen können, der Friede fei endgültig hergeftellt, denn die Luftigkeit dauerte jetzt an und kam fchon in das zweite Stadium, das Singen nämlich. In Gruppen zu drei und vier thut fich an jedem Tifch eine Sängergefellfchaft zufammen. Einer fchaut dem andern unverwandt auf den Mund, bis ein hoher Ton heraus muß; dann drückt Jeder die Augen zu und fchreit fo laut als er kann. Von links und rechts, aus jedem Eck heraus johlt die Sängerfchaar, unaufhörlich und mit einem Eifer, als thät jeder ein Spielhonorar dafür kriegen. Der alte Pfundmaier von Huglfing ift ganz glückfelig, weil ihn die andern an feinem Tifch vorfingen laffen, und einmal über das andermal, fagt er:

„Ja, wann i no dreiß'g Jahr alt waar! Do hob i g'funga! Wie a Zeiferl! Aba es geht heint no. Paßt's auf, jetzt finga ma das Liad vom Jägersmann:

> Es wollte ein Jägerlein jagen
> Dreiviertel Stunden vor Tag
> Wohl in dem grünen Wald, jaaa! jaaa!
> Wohl in dem grünen Wald!

Das Lied hat 16 Strophen und braucht eine gute Stimm', denn bei dem „jaa" muß der Pfundmaier schreien, daß ihm die Augen naß werden. Aber er hat Recht, es geht noch, und er singt den Schluß so laut wie den Anfang:

> Kein Kränzigen darfst Du nicht tragen
> Auf Deinem goldenen Haar,
> Ein Weißhäublein mußt Du jetzt haben
> Wie andere Jägersfrau'n jaaa! jaaa!
> Wie andere Jägersfrau'n.

Brafo, brafo, Pfundmoar! Setz no oos drauf!

> Da Leberknödel und da Fastenknödel
> Hamm sie mit anand z'trag'n,
> Da hat da Leberknödel an Fastenknödel
> Ueber'n Tisch obi g'schlag'n.

> Bitt Di gor schea, bitt Di gor schea
> Zoag mar an Weg an d'Mühl oi
> Kost net irr gea, kost net fei gea
> Wat no mitt'n an Boch oi.

Brafo! Jui! Da Pfundmoar soll leben! Wie an dem Tisch, so geht es an allen anderen zu; immer lauter wird der Gesang und immer schneller werden die Maßkrüge leer.

Wer sich auskennt, der weiß, daß die Luft jetzt mit Zündstoff geschwängert ist, und nicht umsonst geht der Wirth jetzt im Garten herum und gibt auf den kleinsten Streit scharf Obacht. Zwei Metzgerburschen stehen an der Bierschenke mit aufgekrempelten Aermeln und warten auf den Befehl, daß sie Einen hinauswerfen müssen.

Da winkt der Wirth. „Halt, Loibl, was gibt's da? G'rafft werd nix."

Der Loibl und sein Nachbar, der Reischelbauer, liegen sich aber schon in den Haaren, und jeder zieht aus Leibeskräften den Gegner bei der Stirnlocke hin und her. „Ausanand sog i! Schorschl, thua's aussi." In einem Augenblick liegt der

Coibl unter dem Tisch, und der Reischl wird aus dem Garten hinausgekugelt wie ein Bierbanzen.

Aber schon spektakelt es wieder ein paar Schritt weiter daneben. „Du Haderlump, Du stehlst Dei Sach und i muaß ma's vobean! Du begehrst ja Dei's Nächsten Guat!"

„Sag's no' mal", schreit der Andere. Diesmal macht die Kellnerin Frieden; sie haut mit dem Abwischhadern in den Tisch hinein, daß jeder von den zwei Streithanseln einen spanischen Nebel in das Gesicht bekommt, und nimmt ihnen resolut das Bier weg. Die Nachbarn legen sich dazwischen, und so gelingt es nochmal die Ruhe herzustellen. Auf das offene Pulverfaß ist Wasser geschüttet. Der Wirth traut dem Landfrieden nicht mehr und geht an den Tisch, wo die Vorstandschaft und das Comité sitzt. „Hofbauer," sagt er, „ös müßt's was thoa, sunst hab i in oaner halben Stund koan ganzen Stuhl mehr. Am Tanzboden hab i scho fünf rausschmeißen lassen, und herunt fangen's aa schon o. Schau no hi, do stengan scho Enkere Burschen bei der Hausthür beinand. Dös bedeut nix guats."

„Halt!" sagt der Bader, dös wern ma glei hamm, dös mach i; i halt a Red . . ."

„Dös gibt's net," fällt seine Frau ein, „Du haltst gar nix als wia Dei Maul. Moanst, i mag nomal so dasteh' wia heint Vormittag? . . ."

„Eine solchene Sprach verbitt i mir, was fallt denn Dir ei? Vorstand bin i, und Punktum!"

„Oho!"

„Frau Lippel, lassen's eahm sei Red halt'n," intervenirt der Hofbauer, „vielleicht gibt's a Gaudi, dös waar dös beste Mittel."

Die Gattin läßt sich endlich herbei und ein paar Minuten später steht der Herr Lippel in seiner ganzen Größe auf dem Stuhl und wartet darauf, daß sich der Lärm legt. Nach vielen Bemühungen

gelingt es den Mufikern und den Comitémitgliedern, die allgemeine Aufmerkfamkeit auf den Redner zu lenken.

„Meine Herren," beginnt diefer, „Hochanfehnliche Feftverfammlung! Indem ich umherblicke und indem ich den heutigen Tag anfchaue, kommt es mir traurig vor, daß ein folchenes Feft aufhören muß. Aber alles hat ein End, und diefes muß ich jetzt bereiten. Aber bevor wir allmälig auseinandergehen, fchauen wir noch einmal zurück auf die Freiden, die wo wir gehabt haben. Und wir fragen uns zuerft, warum wir ein folches Feft und eine folchene Freid gehabt haben. Nur deswegen, weil wir uns alle lieb haben, weil Friede und Eintracht unter uns wohnen ...."

Die letzten Worte verklingen in einem greulichen Lärm, der fich vom Tanzboden her erhebt. Fenfterfcheiben klirren, die Mädel ftoßen gellende Schrete aus und über die Stiege herunter poltert und rumpelt unter wüthenden Rufen ein dichtgedrängter Haufen. Kaum find die Vorderften im Garten angelangt, ertönt fchon das verhängnißvolle Patfchen und Klatfchen, das jeder Eingeborene kennt. Vergeblich ftürzt fich der Wirth mit feiner Hülfsfchaar unter fie; der Haufen wird immer größer, der Knäuel immer dichter. Der uralte Haß zwifchen den Huglfingern und den Kraglfingern ift zum Ausbruch gekommen und die Zeidelfinger benützen die günftige Gelegenheit, um an den Anfiedlern von Lackelhofen ihre Wuth auszulaffen. Und fo auch die Andern. Im Nu ift der Garten in einen Kampfplatz verwandelt. Durch Pfeifen und Zurufen finden fich die Dorffchaften zufammen und nun beginnt eine homerifche Schlacht.

Wüthendes Schnaufen, Stampfen, Schreien; Tifchfüße kragen, Köpfe krachen, da und dort fliegen klirrend die Scherben von Krügen und Tellern. Im dichteften Haufen ficht die ftreitbare Jugend, weiter abfeits fteht das ehrwürdige, aber doch kampfbegierige Alter und entfendet mit ficherer Hand die Wurfgefchoffe. Der Hofbauern Nazi hat feine Aufgabe erkannt; er ergreift die Fahne mit der Linken und ftürzt fich in das Gewühl; feine ledernen Handfchuhe erweifen fich ebenfo tauglich zur Parade wie zum Hieb. Das flatternde Panier weift den Kraglfingern den Weg zur Ehre und fo wogt der Kampf hin und wieder.

Allmälig jedoch ermatten die Kräfte; immer mehr Kämpfer verlassen das Blachfeld, um an den Brunnen und in den Teichen des Dorfes die brennenden Wunden auszuwaschen. Jetzt gelingt es dem Wirth und der Gendarmerie durchzudringen und die Völker zu trennen. Aber wie sieht der Festplatz in der Abenddämmerung aus!

Kein Tisch steht mehr auf seinen Füßen, kein Stuhl kann sich mehr gerade halten; Fetzen von Kleidungsstücken liegen auf dem Boden neben Hüten und ehemaligen Halstüchern; in den Bierlachen liegen die Scherben der Maßkrüge, und da, wo der Kampf am heftigsten war, wo der Kies am stärksten aufgewühlt ist, liegt der zerbrochene Schaft und die zerstückelte Fahne des Rauchklubs Kraalfina.

Der Heirathsvermittler.

Johann Feichtl lehnte an einem Baume und schaute zu wie seine Heerde sich gütlich that. Die Kühe blieben ruhig auf ihrem Platze und fraßen gewissenhaft links und rechts ab was sie erreichen konnten; sie bewegten sich nur, wenn die Arbeit gethan war, und traten dann ruhig einen halben Schritt vor, um von Neuem anzufangen. Mit den Schweinen war das anders. Die fuhren hin und her, rissen hier und dort etwas vom Boden weg, blieben nirgends stehen und wenn eines sah, daß das andere einen Fund machte, stürzte es grunzend hin und suchte es zu vertreiben. Sie waren beständig in Unruhe, voll Neid und nicht einmal während des Fressens konnten sie es unterlassen, giftig herumzuschauen, ob es nicht einem anderen besser ginge.

Johann Feichtl bemerkte das alles wohl und weil er ein Philosoph war, machte er sich seine Gedanken darüber. Er fand, daß die Schweine sehr seinen

Brodgebern, den Gemeindebürgern von Kraglfing, glichen, und daß es nur recht wenige gäbe, die es so machten wie die Kühe. Er kam zu dem Schlusse, wie auch andere Gelehrte schon lange vor ihm, daß die Menschen gerade so wie die Thiere selten mit dem zufrieden sind, was sie haben, und daß sie den Brocken für den besten halten, welchen sie einem anderen wegschnappen.

Warum das so ist? Es wird wohl so sein müssen. Uebrigens beschäftigte er sich nicht lange damit, auf die Gründe einzugehen. Er liebte das nicht und begnügte sich nach Art der Philosophen mit der einfachen Thatsache. Dann legte er sich der Länge nach ins Gras, ließ sich von der Sonne anscheinen und dachte an gar nichts mehr.

Er zog Grashalme aus und strich sie langsam durch den Mund; bann versuchte er mit den Zehen Grasbüschel auszureißen und sie über den Kopf zu werfen, und er war eben daran, eine große Fertigkeit hierin zu erlangen, als er durch einen Bauernburschen gestört wurde, den der Weg vorbeiführte.

„S' Good, Feichtl!"

„S' Good, Hansgirgl! Wo aus und wo an?"

„Ein bissel zum Wirth n'überschau'n nach Zeidlfing."

„Zum Zeidlfinger Wirth am helllichten Werktag? Zu was hast nachher das Feiertagsg'wand ang'legt?"

„Ja — hm! Du paß auf, Feichtl, i muaß Dir was sag'n. Magst a Ziehgarn?"

„Oane net, aber zwoa."

„No, da hast drei. Nachher bist aber g'wiß z'frieden."

Was nur der Hofbauern Hansgirgl von mir haben will, denkt der Feichtl, daß er gar so freigebig ist. Den Fehler hat das Hofbauerngeschlecht sonst nicht. Er läßt sich aber seine Gedanken nicht ankennen und verlangt ein Schnellfeuer.

„A schön's Wetta ham ma, Hansgirgl."

„Is net übel."

„Wenn da vöder Wind herhalt, ham man no lang schö'."

„Ja," sagt der Hansgirgl. „Du, Feichtl, wia viel moanst, daß an Moserbauern sei Cenzl mitkriagt?"

„Aha!" denkt der Feichtl, „jetzt hör i Di geh'n."

Und alsdann sagt er: „Ja mei, wer so bös wissen? Ma ka bö Leut net in Geldbeutel neischaug'n."

„Geh, stell Di net a so, Du Feinspinner, Du woaßt as recht guat. Wenn'st ma's g'nau sagst, geht's mir auf an Preußenthaler net z'samm."

„So, auf an Thaler? S'an 3 Mark, gelt Hansgirgl? Is a schön's Geld. Zu was willst es denn so g'nau wissen?"

„Ja woaßt, da Vata will übergeben nach der Arndt (Ernte) und i soll an Hof kriag'n. Die Alt'n verlanga dreitausad March Umstandsgeld, und b'Hirwa (Herberge) herrichten kost aa tausad March und nacha an Bruada wegzahln, sand aa viertausad March. No, da hab i z'nachst mit'n Moserbauern g'sprocht; der sagt, er gibt seiner Cenzl achttausad zwoahundert March mit. Moanst, daß dös wahr is?"

„Wo hast benn Dein Preußenthaler?"

„I bleib Dir'n net schuldi. Da hast'n."

„Gelt's Gott," sagt der Feichtl und schiebt den Thaler ein. „So, Hansgirgl, jetzt will i Dir's g'nau sagen: Der Moserbauer hat Di net ang'logen. I woaß g'wiß, daß b'Cenzl siebentausad March Muatterguat hat, und bös andre laßt der der Vater springa."

„Nachher is recht," meint der Hansgirgl, „aft geh i glei num dazua."

„Halt a wengl, jetzt muaß dar i was sag'n. I woaß Dir a Hochzeiterin mit neuntausad."

„Wo?" sagt der Hansgirgl.

„Dös kimmt z'letzt. Z'erscht muaß i wissen, ob's D'magst."

„Ja, wia wer denn i net mög'n?"

„Ma woaß oft net; sie is a bisl schlafedet g'wachsen."

„San viel G'schwister da?"

„Na, aber a ledig's Kind hat's."

„Wer'n dö neuntausad March baar auszahlt?"

„Ja, dö kriagst auf d'Hand."

„Aft gilt's schon. Schlag ein, Feichtl!"

„Nur a bisl warten, Hansgirgl. Jetzt kimmt d'Hauptsach. Was kriag denn i?"

„Jaso! No dös seg'n ma nacha scho, i laß mi net anschaug'n."

„Na, na, mei Liaba, so geht der Handel net. I muaß mei G'wiß ham."

„No, wia viel verlangst denn?"

„Zwoahundert Mark."

„Uh, dös is dennerscht z'viel!" Hundertachtzgi mag i, aba mehra net."

Nach langem Handeln einigen sich die Zwei. Feichtl bekommt hundertneunzig Mark Schmuserlohn und muß zum Hochzeitessen eingeladen werden.

„Is ma net Angst um dö zehn Mark," kalkulirt Johann Feichtl, „i moa alleweil, i nimm mei Bettziachn (Betttuch) als B'schoadtüchel mit. No Hansgirgl," fährt er laut fort, „jetzt will i Dir sag'n, wie sie hoaßt. Appollonia Reischl, dem Göbelbauer von Zufering sei Tochter. Wenn's Dir recht is, nachher kummst am Sunntag nach Huglfing zum Unterwirth, da mach ma nacha d'Hozet aus."

„Is guat, i kimm. Aba Feichtl, dös sag i Dir: neuntausad Mark wann's net hat, na reiß i di in da Mitt' ausanand. Pfüat di Good."

„Pfüat di Good, Hansgirgl!"

Der Bauernbursche entfernte sich langsam nach Kraglfing zu. Er warf keinen Blick zurück auf das Dorf, wo die Moserbauern Cenzl wohnte, die beinahe seine Frau geworden wäre.

Johann Feichtl schaute nun wieder nach seiner Heerde. Die Kühe hatten sich niedergelegt und sahen sehr nachdenklich darein, während sie behaglich kauten. Sie glichen Leuten, welche sich recht satt gegessen haben und sich die Freuden des Mahles in die Erinnerung rufen. Die Schweine aber liefen noch immer hungrig und neidisch herum; sie hatten entschieden kein Verständniß für den Genuß, welchen die Verdauung gewährt.

Inzwischen war es Abend geworden. Die Bäume warfen lange Schatten und die Fenster des Kraglfinger Kirchthurms leuchteten, als brenne es inwendig. Da nahm Feichtl sein Horn und blies fest hinein. Die Kühe erhoben sich langsam aber ohne Widerstreben. Man sah es ihnen an, daß sie das Verlangen des Hüters billigten und den Zeitpunkt als richtig gewählt betrachteten. Die Schweine brauchten manchen Peitschenhieb und trotteten höchst mißvergnügt auf dem Feldwege dahin.

Hinter der Heerde ging Feichtl und überlegte sich, was er mit den 190 Mark anfangen sollte. Wenn ihm noch ein Schmus gelänge, könnte er sich wohl eine Kuh kaufen. Wer weiß? Das Jahr ließ sich gut an. Dann fiel ihm ein, was der Herr Pfarrer neulich gesagt hatte. „Die Ehen werden im Himmel geschlossen," und er dachte an Hansgirgl.

Ich sagte es ja schon: Johann Feichtl war ein Philosoph.

Die Richter.

Johann Feichtl, Hüter und Schäfer der Gemeinde Krazlfing, wäre einmal fast „Hüter der staatlichen Gesetze" gewesen und hätte um ein Haar über seine Brodgeber und Herren zu Gericht sitzen müssen. Das ist aber so gekommen: An einem abgeschafften Feiertag trank sich der Feichtl den landesüblichen Rausch an. Und weil das bei ihm leider eine Seltenheit sein mußte, und außerdem, weil sein Kolleg von Huglfing mit dabei war, nützte er die Gelegenheit aus und sang mit erhobener Stimme alle Lieder, welche ihm seit seiner Kindheit erinnerlich waren.

Allein hiebei begnügte er sich nicht, wie der Stationskommandant in seinem Berichte schrieb, sondern er schlug auch mit einem Halbliterglase den Takt auf dem Tische und verursachte, daß die Kleidung des Gemeindebevollmächtigten Rupfenberger mit Bier bespritzt wurde. Der Huglfinger Schäfer hingegen steckte Mittel- und Zeigefinger einer jeden Hand in den hiezu geöffneten Mund und ließ schrille Pfiffe ertönen, welche weniger wegen ihrer Beschaffenheit, als wegen ihres Urhebers von den anwesenden Gästen sehr mißliebig bemerkt wurden.

Das Fest endete für die Beiden mit einem Mißklange. Der Gastwirth nahm Partei für die Besitzenden und entfernte die Sänger, nicht ohne, wie der Herr Stationskommandant ebenfalls meldete, nicht ohne daß es zu einem erheblichen

Widerstande Seitens der Rubrikaten geführt hätte. Als Feichtl sich auf den nothgebrungenen Heimweg machte und mit seinem Kollegen ernste Gespräche sozialpolitischen Inhaltes austauschte, da wußte er nicht, daß sein Gehaben Vergeltung erheischte. Er blieb sich noch zwei weitere Tage hierüber im Unklaren, bis der Herr Gendarmeriestationskommandant von Zeidlfing ihm einen Besuch abstattete und sich angelegentlich nach Ort und Datum seiner Geburt, sowie nach dem Namen der verehrten Eltern erkundigte. Nunmehr erfuhr Feichtl mit Erstaunen, daß er an dem bewußten Feiertage das Gesetz beleidigt hatte.

Nicht lange darauf erhielt er ein Schreiben, in welchem ihm diese befremdende Thatsache urkundlich bestätigt wurde. — Feichtl las dieses Schriftstück des Öfteren durch, dann schüttelte er bedenklich den Kopf. Zunächst erschien es ihm sonderbar, daß ein so großmächtiger Herr, wie Gnaden der Landrichter, sich eine solche Müh geben und drei Seiten voll schreiben mochte wegen dem Pfifferling. Sodann sah er mit Betrübniß, daß seine Schulbildung ihn nicht befähigte, die Darstellung eines Ereignisses zu verstehen, welches er miterlebt, ja sogar verursacht hatte. Aber es half ihm alles nichts; so oft er auch die Sätze wiederholte, sie blieben ihm so unklar als wären sie lateinisch gewesen. In seiner Noth wollte er sich eben an den Schullehrer wenden, als sein Kollege Vitalis Glas von Huglfing ihn aufsuchte.

Nach kurzer Begrüßung holte Vitalis aus seiner Tasche ein fettiges Exemplar des „Amperboten" hervor, entfaltete es und brachte einen beschriebenen Bogen Papier zum Vorschein.

„Da schau her, Feichtl," sagte er, „da hab i a Lesen's kriagt."

„I woaß scho," sagte Feichtl.

„Ja, wia ko'ßt denn Du dös wissen?"

„Well i aar' oas hab, und weil da Postbot g'sagt hat, für Di hätt er aa a kloans Präsent."

„So? Du, Feichtl, vastehst des Du?"

„I nöt," sagte Feichtl, „vielleicht bring ma's mitanand außa. Paß auf, i les Dir des meinige für."

Und dann buchstabirte er: „In Erwägung, daß Johann Feichtl und Genosse..."

„Bei mir hoaßt's Glas und Genoffe."

„Aha! da is allaweil der Ander der ‚Genoffe'. Sei no ftaad, jetzt geht's weiter: ... hinreichend vabdächtig erfcheinen ... Hoft as g'hört, Glas?"

„Jawohl hab i's g'hört. Dös hamm uns dö G'fchwollköpf vom Ausfchuß eibrocht. Mir erfcheinen verdächtig!"

„Moanft net, daß dös a Beleidigung is? Nacha klag'n m'as aa."

„Dös werd kam geh, Glas, weil's der Amtsrichter felber g'fchrieben hat." ...

„Moanft? Nacha thua weiter!"

„... am 27. September l. J. ... l. J., dös kenn i net. ... in der Gaftwirthfchaft des Hohenreiner in Kraglfing ungebührlicherweife ruheftörenden Lärm erregt und die anwefenden Gäfte beläftigt zu haben ... Sie'gft, Glas, mir hamm die Herrn Bauern beläftigt."

„Ja, weil dene ihre Ohrwafchel was eigen's fan. Woaßt, am Sunntag hamm da Hofbauer und fei Nazi fo plärrt, daß s' Viech im Stall rebellifch wor'n is. Des hat koan was fchenirt. Wia da Bürgermoafta vom Schandarm g'fragt wor'n is, ob dös G'fchroa wen g'ärgert hat, fagt er: Uh, wia werd denn dös oan ärgern, dös is g'rad luftig g'wen."

„Ja, no," fagt der Feichtl, „jetzt is fcho wia's is. Paß auf, da kimmt's no dicker ... in der ferneren Erwägung, daß Feichtl und Genoffe fich trotz der Aufforderung des Wirthes nicht aus der Wirthfchaft entfernten, daß diefe Thathandlungen ..."

„Wia hoaßt dös?"

„That ... handlungen ..."

„So? Thua weiter!"

„je eine Uebertretung des groben Unfuges in fachlichem Zu — fammenfluffe mit einem Vergehen des Hausfriedensbruches bilden ..."

„Uh, ah," fagte Glas, „jetzt hör' aber auf, ich kenn mi nimmer aus ..."

„Gel' Schlaucherl," meint der Feichtl, „des hät'ft net denkt, daß ma mit die vier Finger im Maul an folchen Haufa Vabrecha begeh' kunnt? Da fchaugft? Hätt'ft da 's herauslaffen! Was brauchft benn Du pfeifa?"

„Was brauchſt denn Du nacha finga? Moanſt, des hat vielleicht ſchöner tho? Aba bös ſtech ich, verſpielt ſan mir zwoa alleweil. Wann i nur wüßt, was i thoa ſoll?"

„Des is des leichteſt," ſagt der Feichtl, „in d'Dahandlung geh thean ma, g'ſtraft wern thean ma, ei'g'ſperrt wern thean ma."

„So fiecht's eam ſcho aus," brummt Vitalis Glas, „wegen dena G'ſchwollköpf, wegen dena großkopfeten. Um Deanſtag is d'Dahandlung?"

„Ja, um neuni. Ich geh über Huglfing, da wart'ſt beim Unterwirth auf mi. Pfüat di daweil!"

Der Dienſtag kam. In der beträchtlichen Menge von Landbewohnern, welche ſich vor dem Gerichtsgebäude verſammelt hatten, befanden ſich auch unſere zwei Schäfer. Sie ſtanden ziemlich weit vorne und waren in eifrigem Geſpräche begriffen.

„J hab mir an Pack Nudeln mitg'numma," ſagt Feichtl. „Wann b' Hofbäurin 's Zählen o'fangt, wern's ihr weniga fürkemma."

„Haſt d'as draht?" fragt Glas.

„Freili! Woaßt, i laß mi glei ei'ſperrn. Mit'n Appellirn gib i mi net lang ab, da werd's g'rad mehra. De Nudeln iß i nacha in der Frohnveſt."

„Herrſchaft Seiten! Wenn i nur aa dro denkt hätt! Beim Roglbauern hamm's geſtern bacha, des waar grad recht g'wen. Woaßt, dö Schundnickeln zlag'n uns ja do an Lohn ab für de Zeit, wo ma eing'ſperrt ſan."

„Des is g'wiß. Du, da ſchau hin, da is ja der Rupfenberger. Der macht an Zeugen gegen uns. Aber ſelber is er aa klagt, weil er an Scheiblhuber beleidigt hat. Der werd ſie wieda g'ſcheidt macha."

So ging herauſſen das Geſpräch fort. Im Gerichtsſaal war es noch leer, weil die Thüren geſperrt blieben bis zum Beginn der Sitzung. Der Gerichtsvorſtand war der Anſicht, daß die Atmoſphäre im Saale nichts gewänne durch die Unweſenheit von einigen Dutzend mit Lederhoſen bekleideten Zuhörern und hatte deshalb dem Gerichtsdiener gemeſſenen Auftrag ertheilt, die Pforten niemals früher zu öffnen.

Der Befehl war ein Labſal für den Gerichtsdiener Schneckel. Er bot ihm erwünſchte Gelegenheit, ſeiner Herzensneigung nachzugehen, und den „Geſelchten" oder „Engländern", wie er die Bebauer unſeres heimathlichen Bodens benamſte, mit Liebenswürdigkeiten aufzuwarten. Schneckel war noch ein Prachtexemplar der leider aussterbenden Race, einer der letzten jenes Geschlechtes von Gerichtsdienern, die ehemals durch den „Haselnußenen" Schrecken um sich verbreiteten, und auch späterhin, nach Abschaffung dieses heilsamen Institutes durch eine ungeheuerliche Grobheit den Respekt wacherhielten. Er war Soldat gewesen, hatte sogar einen Feldzug mitgemacht und den Bronzeller Schimmel erschießen helfen. Später in der langen Friedenszeit hatte er dann in einer kleinen Garnison Gelegenheit gefunden, sich jene Umgangsformen anzueignen, die ihm in seinem nunmehrigen Posten so trefflich zu Statten kamen. —

Die Bauern kannten und ehrten ihn; wenn er mit seiner tiefen, durch häufiges Schnupfen undeutlich gewordenen Stimme dazwischen fuhr, gab es keinen, der sich auflehnte oder gegen einen ehrenden Beinamen Beschwerde erhob. Sie wußten alle, daß Schneckel aus dem Vollen schöpfte und daß es ihm ein Leichtes war, jeden Widerspruch durch seinen unglaublichen Reichthum an Schlagwörtern unmöglich zu machen. Diese Nachgiebigkeit rührte aber unsern Schneckel durchaus nicht. Er gerieth beim Anblick einer Lederhose oder eines seidenen Kopftüchels stets in gereizte Stimmung und gab ihr Luft, wo er konnte.

Darum bereitete es ihm ein grimmiges Vergnügen, wenn an den Sitzungstagen die Kanadier zuerst die Saalthüre öffnen wollten, dann, wenn sie nicht aufging, das Schloß probirten, anklopften, wieder das Schloß probirten, um endlich kopfschüttelnd weiter zu gehen. Oder wenn ein ungestümer Sohn des Landes mit Kopf und Knieen zugleich an die Thür anrannte, weil sie wider Erwarten geschlossen war. Dann fand Schneckel Anlaß zu bitterem Hohne: Oeha! Muh! Is der Stall zu? Kenn ma fei an Thürstock net um! Mit dem Kopf! Braucht's Fräulein a Kanapee zum Warten? u. f. w.

Auch an dem bewußten Dienstag gab sich Gelegenheit zu verschiedenen Redewendungen, bis der Herr Oberamtsrichter Schneckel rufen ließ und in sehr übler Laune fragte: „Was is denn das heut' mit den Schöffen? Jetzt is schon 9 Uhr und noch ist keiner da. Wahrscheinlich stehen's draußen bei den andern rum. Schließen's die Saalthür auf und lassen's die Schöffen mit den Anderen gleich eintreten. Die Schöffen rufen's mir aber gleich vor; net, daß ich auf die Herren warten muß. Ueberhaupt, Schneckel, wenn Sie auch zu was gut wären, dann könnten's Ihnen die Namen von den Schöffen aufschreiben und jedesmal Umfrag halten, ob sie da sind. Für heut' is das schon zu spät. Die Sitzung muß angehen. Also etwas rasch, wenn ich bitten darf..."

Als Schneckel abtrat, spie er Gift und Galle. Das ging ihm gerade noch ab! Er, der alte gediente Soldat und Beamte mußte sich Vorwürfe machen lassen, weil so ein paar .. so ein paar bocklederne Hinterwäldler zu faul waren, um sich beim Oberamtsrichter anzumelden. Himmel—stern Laudon! Fuchsteufelswild rasselte er mit seinen Schlüsseln durch den Gang und sperrte die Saalthüre auf. Dann schrie er in den Menschenhaufen hinein: „So, d'Sitzung is oganga. Z'erscht sollen amal d' Schöffa reikemma. Moant's vielleicht, mir warten no lang auf de Hammeln?"

Feichtl stieß den Vitalis Glas an und sagte: „Hast g'hört, mir kemma z'erscht dro. Geh zua!"

Und sie schoben sich langsam an der Spitze des nachdrängenden Haufens in den Saal. Am Eingang empfing sie noch einmal Schneckel: „Selb's Oes d' Schöffa?"

„Ja," sagte Feichtl.

„Nachher nur a bißl g'schwinder! Oes geht's ja daher, als wenn S' Kraut treten that's. Der Herr Oberamtsrichta wart scho seit a g'schlag'ner Viertelstund auf Enk"..

„Auf ins?" fragte Feichtl.

„Natürli! Eigens auf Enk."

„Dös werd guat wern," wisperte Glas seinem Kollegen zu.

„Also g'schwind nauf!" kommandirte Schneckel wieder.

„Wo nauf?" fragte Glas.

„Da nauf! Auf be zwoa Seffel da nauf! Für Enk hätt' ma wahrscheinli Ofenbänk reistellen sollen!" knurrte Schneckel.

Kopfschüttelnd und bedenklich stiegen die Zwei auf die Tribüne und setzten sich auf die Stühle hinter dem Gerichtstische. Da saßen sie nun und schauten verwundert in die Zuschauermenge hinab, die ebenso verblüfft hinaufschaute. Der Kupfenberger besonders, der in der vordersten Reihe stand, riß Mund und Augen so weit auf, daß Schneckel sich eben theilnehmend an ihn wenden wollte, als der Herr Vorsitzende, der Amtsanwalt und der Gerichtsschreiber eintraten und ihn so am Fragen verhinderten. Der Vorsitzende wandte sich kurz an unsere zwei Freunde und fragte: „Sie sind heute zum ersten Male da?"

„Ja," sagte Feichtl, „dös hoaßt na! Damal bin i wegen Körperverletzung . . ."

„Ach was! Körperverletzung? Ob Sie schon einmal Schöffe waren?"

„G'wiß net!" sagte Feichtl. Und Glas schüttelte nur den Kopf und sah mit seinen wasserblauen Augen darein, als wenn er aus den Wolken gefallen wäre.

„Dann muß ich Sie vereidigen," fuhr der Herr Oberamtsrichter rasch fort, „erheben Sie sich von Ihren Sitzen." Die Vereidigung erfolgte und wenn auch Feichtl den Drang verspürte, den Vorsitzenden zu unterbrechen, so kam er doch nicht dazu, weil es zu schnell ging und weil er überhaupt nicht mehr aus noch ein wußte. Die zwei Hüter setzten sich auf Geheiß wieder und warteten in Gottes Namen ab, was noch geschehen werde.

„Wir nehmen als erste Sache die Anklage gegen die zwei Schäfer wegen groben Unfugs und Anderem," erklärte jetzt der Vorsitzende. „Schneckel, rufen Sie die Angeklagten und die Zeugen vor."

„De zwoa Schäfa vortreten!" kommandirte Schneckel. Im Zuschauerraum machte sich eine starke Bewegung bemerklich, aber Niemand trat vor oder meldete sich. „Das ist doch stark," rief der Vorsitzende, „um Viertel über neun Uhr sind die Angeklagten noch nicht da. Wahrscheinlich saufen die Kerls in den Wirthshäusern herum."

Er wollte noch weiter reden, als ihn der Gerichtsschreiber aufmerksam machte, daß hinter ihm die beiden Schöffen sich erhoben und ihm offenbar etwas zu sagen hätten.

„Was wollen Sie denn?" herrschte der Vorsitzende die Zwei an, „wissen Sie etwas von den Angeklagten?"

„Erlaubens, verzeihens, Herr Ambsrichta, der Angeklagte war i," flötterte Feichtl.

„Was? Wie heißen Sie denn?"

„Johann Feichtl, Schäfer von Kraglfing.."

„Jaa! Was..? Und wer sind denn Sie?"

„J war der Glas...."

„Da hört sich doch alles auf! Wie können Sie sich unterfangen, unter falschem Vorgeben hier als Schöffen aufzutreten..."

„.. Erlaubens, Herr Ambsrichta, mir hamm ja net reden derfa. Der Herr Grichtsdeana hat g'sagt, de Schäfa soll'n z'erscht reikemma, und wia ma hering'w'en san, hat er nimma auslassen, bis ma uns da rauf g'setzt hamm..."

Die Heiterkeit, welche sich inzwischen aller Anwesenden mit Ausnahme Schneckels und unserer Freunde bemächtigt hatte, steckte nun auch den Herrn Vorsitzenden an, so daß er Mühe hatte, nicht zu lachen. Er ließ die zwei Angeklagten rasch von ihrem erhöhten Platze abtreten und erfuhr nun von den zwei wirklichen Schöffen, die sich inzwischen meldeten, daß sie sich auch nicht ausgekannt hätten, weil Schneckel die zwei Schäfer gleich mitgenommen und auf die Plätze hinaufbefohlen hätte.

„Natürlich!" sagte jetzt der Vorsitzende. „Mein lieber Schneckel, ich habe Ihnen schon oft gesagt, daß Sie nicht so viel Schmalzler schnupfen sollen. Ihre Aussprache ist auch so noch miserabel genug. Außerdem sollten Sie die Leute nicht so anschreien. Dann wäre Ihnen diese einfältige Verwechslung nicht passirt."

In Schneckels Seele ging ein schmerzlicher Kampf vor; der langgewöhnte Respekt vor den Vorgesetzten rang mit der Furcht, für immer die Autorität bei den „Erzengeln" zu verlieren, wenn er jetzt schwiege. Er wußte, daß die Zuhörerschaar mit innigem Vergnügen die Standrede des Vorsitzenden vernahm und daß heute noch in allen Wirthshäusern des Bezirkes dieses Ereigniß besprochen wurde. Aber

er schwieg doch und tröstete sich mit dem Gedanken, daß er den „Geselchten" schon wieder die nöthige Ehrfurcht einblasen werde, falls sich einer von den Himmelherrgott... vergessen würde; das wollte er schon fertig bringen, er, der alte Feldwebel vom 12. Regiment. —

Zudem, die Uebelthäter, die Hauptspitzbuben, welche ihm die Suppe eingebrockt hatten, sollten ja vielleicht in seine väterliche Obhut auf einige Tage kommen, da wollte er ihnen schon die Ohrwaschel aufknöpfen, daß sie ihn trotz des Schmalzlerschnupfens verstehen sollten.

Aber der Himmel meinte es besser mit Feichtl und Genossen. Jeder erhielt nur einen Tag Haft und der Herr Oberamtsrichter sagte, er würde sich verwenden, daß sie den Tag erst im Winter abzusitzen bräuchten. Derweil war zu hoffen, daß die Wuth Schneckels sich legte. Als Feichtl und Glas das Amtsgericht verließen, sagte der Letztere: „Du, Feichtl, schö war's do g'wen, wann der Herr Amtsrichter z'erscht an Rupfenberger dro g'numma hätt. Den hätt' i schö eintaucht, den Großkopfeten."

Monika.

Neulich lese ich einmal so eine rührsame Feuilletongeschichte, wie zwei Leuteln zusammenkommen und nach allen möglichen Hindernissen und Schwulitäten auf zuletzt doch noch kopulirt werden. Hm! denk ich mir und zünd mir eine frische Cigarr an, das ist schon wirklich nett von so einem Romanschreiber, wie er die Mädeln unter die Hauben bringt! Wie wär's, wann du's auch einmal probiren thät'st? Ein bissel galant sein, könnt nachgerad nicht schaden, und vielleicht macht es einen guten Eindruck bei den Damen.

Ich geh also an's Werk und zermarter vierzehn Tag lang meinen armen Kopf, wie ich es angehen möcht, eine rechtschaffene Liebesgeschicht zu schreiben.

Ich werd' den Nazi mit einer Ehhalten verheirathen müssen, überleg ich mir; vielleicht mit der Ochsendirn? Sie hat nichts und ist bildsauber, er will sie partout haben, zerkriegt sich mit seinem Alten, wird sterbenskrank und müßt elendig zu Grund gehen, wenn nicht im letzten Augenblick noch der alte Hofbauer ein Einsehen kriegen thät. Das Einsehen mach ich so, daß die Ochsendirn dem widerhaarigen Vater das Leben rettet, indem sie den Saubären, der ihn schon auf dem Boden unter sich hat, mit der Mistgabel versticht. In seiner Dankbarkeit bricht der Hofbauer in Thränen aus und segnet den Bund zwischen der Ochsendirn und seinem Nazi. — — —

Zwei Tag lang hat mich das „Motiv" gefreut. Es war nicht ganz neu, aber sehr geeignet für die Damenwelt, die sich allemal freut, wenn in einem Roman ein armes Mädel zum Heirathen kommt; in der Wirklichkeit sind ja die Fäll rar geworden. Aber wie es so geht, kaum hab' ich mich hingesetzt zum Schreiben, sind schon die Bedenken gekommen. Ich stell mir den Nazi vor, wie er einer armen Dirn die Heirath anträgt, und besinn mich hin und her, was oder wie er da reden thät. Und ich stell ihn mir vor, wie er dann todtkrank im Bett liegt, nicht, weil er seinen Kirchweihrausch ausschlafen muß, sondern weil er aus unglücklicher Liebe sterben will . . . Da hört mit einem Schlag die ganze Phantasie auf und ich hab das Gefühl, als thät mein Verstand Karoussel fahren.

Aber wenn unser einer wirklich einmal eine Idee hat, dann trennt er sich halt doch schwer davon, und deswegen hab ich jeden Tag darüber nachdenken müssen, ob ich denn gar keine romantische Dorfgeschichte zusammenleimen könnt. Da kommt vor ein paar Tagen die Seilerbäuerin von Huglfing zu mir herein und macht ein Gesicht, daß ich ihr gleich ankenn, es müßt ihr ein Prozeß oder so was Aehnliches noth sein. „Seilerin, sag ich, wo fehlt's?"

„O mei, Herr Dokta, bei mir fett's weit. Dös hoaßt, nöt bei mir, sondern bei ihr . . ."

„So? Wer ist denn nachher die ‚ihr'".

„Ja, b' Monika, a meinige Tochter. Jetzt lassen's Eana verzähln, i thät um an Auskunft bitten. Sehg'ns, er hat ihr 's Heirathen vaspracha, nachher hamm m'as notarisch g'macht, und jetzt mog er nimmer."

„Jetzt mag er nimmer? So, so, hm. Und warum mog er denn nimmer?"

„Ja, weil sie oanauget (einäugig) is."

Sit! Das klingt ja ganz romantisch; sollte ich hier den Stoff zu einer Novelle gefunden haben? Famos!

„Seilerin, sag ich, die G'schicht mußt mir g'nau verzähln, Du woaßt scho, de Ehesachen müssen akkurat aufg'nommen wer'n, sunst is nix. Sag' mir nur alles haarscharf und wie's g'wesen is."

Na, die Seilerin hätt keinen liebern Auftrag kriegen können; sie setzt sich recht breitlings auf den Stuhl, als wollt sie mir andeuten, daß sie so schnell nicht mehr aufstehen thät, dann streicht sie ein paarmal über die Schürze und fangt an.

„Ja, am Antlaßpfinsta is sie ums Brautringel g'fahren; na, halt, da is net ganga, da is a Kuah krank wor'n, am Mieka (Mittwoch) is nunter g'fahren, und da hamm's ausg'macht, daß 's mitanand nach Pfaffahofen zum Ring'lkaafen gengan.

„Aba da hat er auf oamal g'sagt, dös braucht's net, mi hamm ja no von der ersten Frau oan; er is nemli Wittiber und hat sechs Kinda; ja, und nachher hat er g'sagt, Du kannst dös alte Ringel hamm, und ihrer Riegelhauben kriagst aa glei. —

„No, wia r' er ihr dō Riegelhauben gibt, sagt er: „Du bist ja gar oanauget? Freili, sagt sie, indem daß mi vor drei Jahr da Ranner Michel mit der Heugabel g'stochen hat. Hast Du dōs net ehender g'neißt (gemerkt)?

„Wia soll denn i dōs wissen? sagt er, da hamm be Heirathsmacher koa Wort net davo g'sagt. Und jetzt mog i di nimma . . .

„Wennst mi nimma magst, sagt sie, nacha brauch i dei Riegelhauben aa net, hat's g'sagt und hat die Riegelhauben am Tisch hing'legt. Und nacha is sie hoam.

„Ja, und nach zwoa Täg is er kemma durch dōs, daß mi eahm g'schrieben hamm, weil's do scho notarisch g'macht g'wesen is. Wia r' er bei der Thür rei is, hat er g'sagt: no, wos thea ma jetzt? Heireth mi oba heireth mi nöt?

„Dōs sollt'st jetzt do scho wissen, hat der Bauer g'sagt, indem daß b' Musi scho b'schtellt is und da Kammerwagen scho herg'richt is. Ja, hat er g'moant, dōs hätt'n halt mi glei sag'n sollen, daß sie oanauget is, nachher hätt's dōs alles net braucht, und jetzt wisset er net, was er thoa soll. No, mi hamm eahm zuag'redt, daß ihr sonst nie nix g'fehlt hat, und es san do scho viele do g'wes'n, de wo wengen Heirathen g'fragt hamm und koana hat was vom Oanauget sei g'sagt; bloß daß s' Geld z'weni g'west is. Und er als Wittiber mit sechs Kinda brauchet scho gar net so g'schlechtig z'sei. Auf z'letzt hat er sie wieda b'sunna und sagt: jetzt war's eahm gnetta gleich, weil er do scho mit ihr verkünd't war, und am Montag that er's heirath'n.

„Mi fan ganz fidel g'wen, da is am andern Tag a Schreiben kemma, wo d'rin g'standen is, däs waar koa Eheftand net, wo fie oanauget is und er nix woaß und er möcht abfolut durchaus gar nimma; mi foll'n zum Notari fahr'n, zum Z'ruckprotokollir'n. Ja, und jetzt that i um Auskunft bitten, ob mi däs leiden müaffen, Herr Dokta."

„Mei liebe Seilerin, fag i, Sie haben die G'fchicht zwar recht ausführlich erzählt, aber ich verfteh, aufrichtig g'fagt, die Sach noch lang net. Da müffen's mir schon a paar Fragen erlauben. Zu allererft, wer is denn eigentli ‚er‘?"

„Er? Wiffen's, däs is da Schuaftabauer vo Watschenbach, s' ganz Häufel voller Schulden und . . ."

„Halt, halt! Nur langfam! Paffen's auf, jetzt komm ich zu dem dunkelften Punkt der Anklage, wia meine Herren Kollegen fagen, nämli, fagen's mir einmal aufrichtig: hat denn der Schufterbauer Ihre Tochter net früher ang'fchaut? Hat er's net ang'fchaut, vor er ang'halten hat?"

„Na, da hat er's net g'feg'n. Wiffen's, Herr Dokta, de G'fchicht is a fo g'wen. Vor a Monat a zwoa kimmt er zu mir in Kuchel und fragt, wo der Bauer is. Der is im Stall b'außt, fag i, warum, haft a G'fchäft mit eahm? Na, fagt er, aber reden muaß i mit eahm. No, nachher is er in Stall naus, und i hinter eahm drei. Bauer, fagt er, wia is? J muaß heirath'n, wia viel kriagt Enker Monika? Zwoataufad, fagt da Bauer, und s' Protokolliren zahl i aa. Zwoataufad, fagt er, gelt (gilt) fcho; no, nachher is er wieda ganga.

„J hab'n no g'fragt aa, ob er mit da Monika net fprachen will. Zu wos, fagt er, braucht's ja net, i bi fcho z'frieden (zufrieden), beim Protokolliren kemma ma a fo z'famm. No, uns is recht g'wen und ihr is recht g'wen, und acht Täg d'rauf fan ma zu'n Notari. Schaun's, Herr Dokta, gar nixen hätt's braucht, fo fchö war's ganga, und jetzt kimmt er mit dera Dummheit. Er muaß eahm an anderne aufganga hamm . . ."

„Das mag fein, Seilerin, aber fagen's mir doch um Gotteswillen, hat er fie denn beim Protokolliren auch net ang'fchaut?"

„J glaab net, oder er hat eahm fo g'nau net aufpaßt. Er is' nach 'm Protokolliren g'fchwind furt, weil er no mehra G'fchäft g'habt hat, und is nimma kemma aa. Erscht acht Täg vor der Hozet hat er sagen lassen, sie soll abtroasen z'weng an Ringlkaasa. Um's Verkünden und um's Ausmacha von da Hozet hat er sie überhaupts gar net kümmert, dös hat alles a seiniger Freund tho, der wo eahm die Monika verrathen hat."

„Soo? Hm! Die Sachlage hätten wir also, Seilerin; jetzt brauch ich bloß noch zu wissen, was Sie eigentlich vom Schusterbauer wollen."

„Ja, an Entschädigung will mi. Und überhaupts möcht mi wissen, ob er no z'ruckfleh ko. Der Bauer sagt, dös gibt's net, weil dös koa „g'setzlicher Fehler" net is."

„Was is kein g'setzlicher Fehler?"

„S'Danauget sell Der Landrichter vo Pfaffahofa hat's aa g'sagt, wia'n da Bauer g'fragt hat. Seiler, hat er g'sagt, da hast schon Recht, sagt er. Ein g'setzlicher Fehler, sagt er, ist das ganz und gar durchaus nicht. Seit Eana was, Herr Dokta?"

„Na, na, i hab bloß ein bissel G'sicht reißen, Seilerin," sag ich und dreh mich um.

„Ja," fahrt sie fort, „aba mi mögen gar nimma; dreihundert March muß er zahl'n und nacha is aus. So viel Schaden ham ma g'habt mit der Aussteuer, dö muaß er zahl'n. San's so guat und schreiben's eahm an Brief. und wann er net guatwillig mag, nacha klag'n ma."

„Is recht, Seilerin, ich will ihm schreiben, eine Entschädigung muß er auf alle Fäll zahlen. Wir werden vorläufig schon sehen, was er sagt."

„Ja, Herr Dokta, jetzt hätt' i no a Frag. Wia is denn, wann er wieda mog? Er hat zu sein Spezl g'sagt, wann er die Kosten alle zahlen müaßt, nacha heireth er's liaba. Wie is denn dös?"

„Mei liebe Seilerin, da bin i überfragt. Das müssen's mit der Monika ausmachen."

„Moanen's? No, mi wern's nacha scho sehg'n. Jetzt schreim's eahm amol. S' Good, Herr Doktal!"

Ich werd' das Romanschreiben doch lieber nicht anfangen.

Der Bader.

Es ist in der ganzen Welt bekannt geworden, durch Zeitungsartikel und Reden in der Kammer, daß unsere bayerischen Truppen im heurigen Manöver so schreckliche Anstrengungen haben durchmachen müssen.

Ein jeder Mensch hat Mitleid gehabt und das Volk ist in der größten Unruhe gewesen.

Fünf Tage sind unsere Söhne angeregnet worden, und zuvor hat ihnen die Sonne hinaufgebrannt, als wenn sie Neger, aber keine Christenmenschen wären. Das will schon etwas heißen, und wer unsere Altbayern kennt, der wird die großen Besorgnisse leicht begreifen.

Ein Lichtblick in der trüben Zeit war, daß man daheim hie und da etwas Tröstliches vernommen hat, so z. B., daß einer vom Leibregiment in Fürth zehn Leberknödel und zwei Pfund Fleisch in sich aufnahm, oder daß in Hanau ein braver Bayer schon um 5 Uhr in der Früh mit der ersten Cervelatwurst anfing.

Aber auch andere Strapazen muß es genug gegeben haben, denn sonst wäre es keinem Menschen eingefallen, in der Kammer darüber zu reden.

Ich bin um die Zeit, als die abgematteten Krieger heimkehrten, bei meinem Freunde, dem Förster in Kraglfing gewesen und habe also von den Manövern selbst nichts gesehen. Aber die Heimkehr habe ich beobachtet, und ich kann mit gutem Gewissen bestätigen, daß bei derselben eine große Beunruhigung des steuerzahlenden Volkes eintrat, und daß von der Eisenbahnstation Weilbach bis Kraglfing und dort selbst manche Leute, sogar eine Respektsperson durch den Militarismus bedrückt wurden.

Und davon will ich jetzt erzählen.

Es war an einem Sonntag und wir sind in der Wirthsstube gesessen, der Förster, der Pfarrer, der Lehrer und ich. Es ist von der hohen Politik geredet worden; ich habe aber nicht viel davon verstanden, weil an den Nebentischen die Gütler und Bauern eine recht vernehmliche Unterhaltung geführt haben.

Mit einem Mal geht die Thüre auf und der Herr Bader Lippl kommt herein, im Geschwindschritt, wie alleweil, daß die Rockschöße geflogen sind.

„Servus! schön gut'n Abend! Is erlaubt? Hochwürden, i hab die Ehr'!"

Mit den Worten setzt er sich zu
uns und noch vor ihm der Wirth das Bier
gebracht hat, haben wir schon gewußt,
wo er gewesen ist.

„In Huglfing drent. An sehr an kom-
plizirten Fall g'habt, meine Herren! A Gaul
hat den Schacherl so am Kopf hin g'haut
mit'n Huaf, daß er an Riß kriegt hat."

„Wer? Der Huaf?" fragt der
Förster.

„Na, der Schacherl."

„Vom hintern Stirnbeinknochen
sechs Centimeter nach vorne verlaufend über
dem Auge mit einer Verletzung von der
frontalis."

„Is aber doch hoffentlich net g'fährlich?" fragt jetzt der Pfarrer.

„G'fährli? Wer kann das mit einer absolut sicheren Bestimmtheit konstatir'n?
Hochwürden; Sie wissen selber. Die menschliche Natur geht oft ihre eigenen Wege."

„Ja, ja" sagt der Förster und gibt mir unter dem Tisch einen Renner,
„d' Hauptsach is, daß Sie glei da war'n Herr Doktor."

„In dieser Beziehung hamm Sie Recht, Herr Gierster! Bei solchenen Wunden
is die ärztliche Hülfe von großer Bedeutung. Mor'ng hamm mir das Konzilium,
i und da Herr Bezirksarzt. Da wer'n mir uns über das weitere befinden.

Uebrigens meine Herren, da fallt mir g'rad ein, mir wer'n heut Abends
einen sehr einen unangenehmen B'such kriegen."

„Oho! Was is denn los?"

„D' Reservisten und d' Urlauber san los. Wie ich mich von meinem schwer
krank'n Patienten in's Wirthshaus hinüber begeben hab', is de ganze Rotte Kora
beinander g'sessen. Mehr als zwanzig; unser Hofbauern Peter natürli mitten drin.
Einen solchener Lärm hamm's vollführt, daß sich kein anständiger Mensch nicht hat
halten können.

Ich bin glei wieder umkehrt; im Hausgang hab i an Kramer troffen. Der hat mir verzählt, daß die Burschen von der Stadt raus sich in die Eisenbahnwägen so unzivilisirt benommen hamm, daß man nicht mehr gewußt hat, ob man in einem Viehwagen oder in einem anständigen Coupé is. Sie kennen ja die Büldung unserer heutigen Jugend, Hochwürden..."

Der Herr Pfarrer ist nicht mehr dazu gekommen, seine Meinung abzugeben, denn in dem Augenblick sind in gleichem Schritt und Tritt, daß der Boden gezittert hat, die Burschen hereinmarschirt.

Voran einer mit der Ziehharmonika, hinterher der Hofbauern Peter in der blitzblauen Uniform der schweren Reiter, dann noch drei oder vier Infanteristen und die andern in Civil mit der Soldatenmütze.

Der Spektakel, der jetzt anging, ist nicht zum Beschreiben. Der Peter hat so geschrieen, daß sein Gesicht angelaufen ist und beinahe die Farbe von der Uniform bekommen hat; und auch die andern haben pfeifend, brüllend und mit den Händen patschend die Musik begleitet.

„Seid's wieder do, Bua'm? fragt der Bürgermeister. Wia geht?"

„Guat geht's!" schreit der Peter. „Theat's nur grad a Bier her! Sitter daß mir vo Huglfing furt san, hamm ma koan Tropfen nimmer kriagt."

„Setzt's Enk z'samm, Buam!" schreit der Wirth, „'s Bier kimmt scho."

„Is scho wohr! Leuteln singt's!"

      Jetzt Brüder stoßt's die Gläser an!
      Es lebe der Reservemann,
      Der treu gedient hat seine Zei-a-eit,
      Ihm sei ein volles Glas geweiht!

„Es is do a rechte Freud, wia g'sund unsere Burschen san; net wahr Herr Dokta?"

„In dieser Beziehung is mir die Büldung lieber, antwortete der Bader; die heutige Jugend..."

Seine Worte gehen in dem dröhnenden Gesang der Burschen verloren.

„Da drob'n auf da Höh   Soldaten sollen leben!   Tapfre Bayern sein's mir,
Stehlt die bayrisch Armee.   Schöne Mädigen daneben!   Tapfre Bayern sein's mir!"

„Herrschaftseiten! Andredl, spiel amol an auf! Theat's de Tisch weg! Jetzt werd tanzt! Wo san denn de Kuchelmenscher? Eina damit!"

Im Nu sind ein paar Tische weggeräumt, und jetzt geht's dahin schnackelnd und schleifend im Walzertakt. Aus der Nachbarschaft kommen noch einige Dirnen, und bald ist in der Wirthsstube die schönste Tanzerei im Gang.

Der Hofbauern Peter betheiligt sich nicht daran; ich glaube schon beswegen, weil er sich von seinem Säbel nicht trennen mag.

Er macht sich an unsern Tisch und setzt sich neben den Bader, der sehr entrüstet zum Förster hinüberblinzelt, weil ihn der Peter gelassen in die Bank hineinschiebt.

„S' Good Herr Gierschter! Heunt is zünfti!"

„Ja, guat seid's beinander. An Herrn Pfarrer habt's scho vertrieben. Wo kommt's denn her?"

„Do Hanau her. Gestern san ma verladen worn, und heunt fruah san ma auf Weilbach kemma. Da hamm ma an Abschiedstrunk g'halten, und nacha san ma auf Redlbach. Da hamm ma Bier ausg'spielt.

Nacha san ma auf Freidlhausen umi, da hamm ma an etla Stehmaaß trunken. Und nacha san ma'r auf Huglfing."

„So? Da habt's ja scho a schöne Roas g'macht! Da Herr Dokta hat verzählt, daß es in Huglfing so an Unfug trieben habt's."

„Wos? Da hat's koan Unfug überhaupts net geben. Der Vitus hat selm a'gfangt."

„Was für a Vitus? Da woaß i ja no gar nix."

„No, der Schacherl Vitus. I hab mir denkt, Es habt's es scho g'hört. Mir hamm in Huglfing drent a paar Maaß trunk'n und da hab i zum G'spaß de Kellnerin g'fragt, ob sie kein Reiterschatz nicht sein mag. Da schreit der Vitus über'n Tisch rum: Mog net, Cenzl! Des kunnt'st net damacha, alle Tag an Brat'n zahl'n.

„Wos? sag i. Ja, sagt er." Nacha hab i eam mit'n Sabel oani umig'haut.

„So? Da hamm Sie jetzt Ihre Freud an der Jugend, Herr Gierster' Hat man schon eine solchene Rohheit g'sehen?"

„Geh, drah net so auf," sagt der Peter; „wann der Vitus net zu an g'wissen Baderwaschl kimmt, is er morng wieba g'sund."

„Wie? was? wia? Redst Du a so mit mir? I will Dir amal was sag'n, Du..."

Aber der Peter hat ihm schon den Rücken zugekehrt und ist breitspurig und säbelklirrend zu den Kameraden hinüber, die gerade einen dröhnenden Rundgesang anstimmten.

> Mir Bayern hamm Muath,
> Mir fürchten's kein Bluat,
> Mir haben's Kuraschi,
> Wenn das Bluat fließt auf der Straße,
> Tapfere Bayern sein's mir,
> Tapfere Bayern sein's mir.

Und auf den Gesang folgt wieder ein lustiger Landler und Juchzen und gellende Pfiffe.

An meinem Tisch war die Stimmung getheilt. Der Förster lacht, daß ihm die Thränen über die Augen kommen, und der Bader ärgert sich bei jedem Gelächter, daß er citronengelb wird.

„Ich weiß überhaupt nicht, sagt er zu mir, wie ich in diese Bevölkerung hineinkommen bin. Aber i will derer Bande schon zeigen, ob's mich beleidigen thun dürfen.

Lachen's net, Herr Gierster! Sie werden's seh'gn. Jawoll! Bis heunt hab i für's Zähn ziehn bloß a fufzgerl verlangt. Von morg'n an kost's a Mark. J bin der Lippl."

Der Zorn und das Bier sind jetzt dem Bader so in den Kopf gestiegen, daß er auf einmal den schönsten Rausch gehabt hat.

„Führ'n man hoam," sagt der Förster; „der Spektakel werd do alleweil größer, i bin selber froh, wann ma draußen san; also hü! Herr Dokta, net einschlaf'n, hoam geh' ma!"

Wir nehmen ihn rechts und links unter die Arme und führen ihn an den johlenden Burschen vorbei.

> „Hat's di, Bodawaschl?
> Host koan Kreizer Geld im Taschl,
> Bodawaschl!"

Die Zurufe und wieherndes Gelächter schallen noch hinter uns drein, als wir schon im freien angelangt waren.

„Herr Gierschter, hupp! Was hat der Peter g'sagt? Oeha! Hupp! J frag Jhnen au — auf Ehr und Gwi — Gwissen. Ha — hat er Boba — — Bo — — — Bo — — Bodawaschl g'sagt?"

„Ach was! Dös is jetzt gleich! Schau'ns, daß ma schö hoamkummen!"

„N — n — nein! In die — — dieser Beziehung, hupp! ist es vo — — von gr — — größter Be — — Bedettung. Es hängt vie — — viel vo — — von Jhrer Au — — Au — — Aussage ab. J frag Jhnen, hupp! no — — nochmals, ha — — hat er Bo — — Bo — — Bodawaschl g'sagt?"

„No von mir aus, ja! J glaab, er hat's g'sagt."

„So? Hupp! Jetzt ko — — kost's 3 — — 3 — zwoa Mark . ."

Es dauerte noch lange, bis wir den stolpernden Bader, der alle Augenblicke stehen blieb und eine Rede anfing, an sein Haus brachten. Es brannte noch ein Licht darin und der Förster versicherte mir, daß der Herr Doktor heute noch einigen Beleidigungen ausgesetzt sein werde.

Wir sind dann auch heim; wie ich gerade im Einschlafen war, ist unter meinem Fenster ein Höllenspektakel angegangen.

Militär und Civil waren beim Tanzen einander in die Haare gekommen, und jetzt wurde auf der Straße ein Gefecht geliefert. Ich unterschied deutlich die Stimme des Hofbauern Peter, die aus dem Schimpfen und Schreien herausklang; dann wälzte sich der Lärm weiter fort; ich hörte noch ein verdächtiges Krachen und das Klirren von Fensterscheiben, dann wurde es allmählich ruhig.

Am nächsten Morgen vernahm ich, daß die heimkehrenden Krieger sich trotz der großen Ermattung recht wacker gehalten und ihren Feinden starken Abbruch gethan hatten.

Der Güttler Retschl zeigte mir sogar die schriftliche Bestätigung dieser erfreulichen Thatsache.

Er schrieb an „den Herrn Ridmeister von der zwoaten Schwadran von de schweren Reider" einen Brief, der leider in der Abgeordnetenkammer nicht verlesen wurde. Hier ist er:

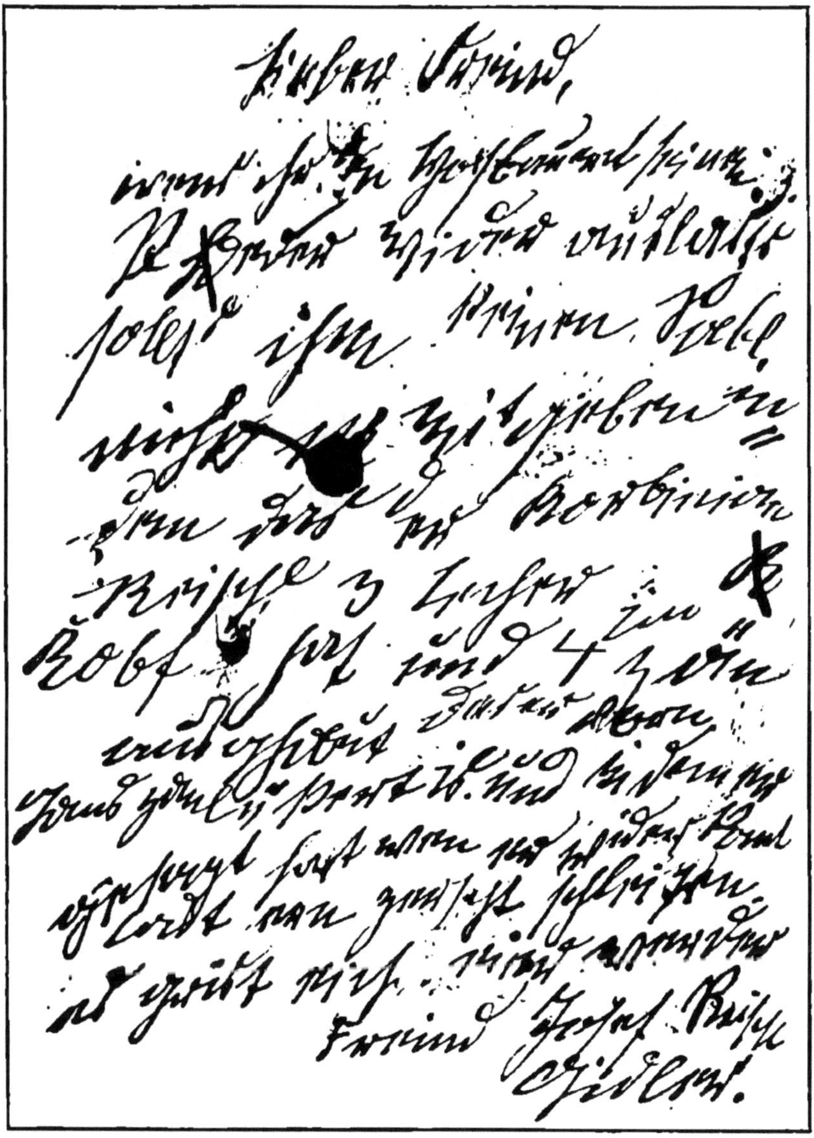

Lieber Freund,

wenn ich den [illegible] seine
Kinder würde [illegible]
solte ihm seinen [illegible]
nicht mitgeben [illegible]
zu [illegible]
Kirche 3 Jahre in
Kost hat und 4 zehn
[illegible]
[illegible]
[illegible]
[illegible]
[illegible]
Freund [illegible]
[illegible]

Die Wallfahrt.

Im vorigen Jahr haben der Loibl und der Hofbauer eine große Lumperei angestiftet. Ich weiß nicht mehr genau, wie die Geschichte gewesen ist, und auch nicht, ob sie beim Vieh- oder beim Getreidehandel passirt ist. Zudem, was liegt am Ende daran, wenn der geneigte Leser eine Lumperei mehr vom Hofbauer kennen lernt? ich habe eine recht sichere Hoffnung, daß es nicht die letzte war.

Heute will ich lieber berichten, wie die zwei abgedrehten Spitzbuben eine Wallfahrt gemacht haben. In der ersten Angst nämlich hat der Hofbauer das Gelübde gethan, wenn er diesmal ungestraft durchkomme, dann wolle er im Mai zum hl. Rasso nach Andechs pilgern. Und wie dann die Geschichte alleweil gefährlicher wurde, und der Herr Commandant beim Unterbräu eines schönen Abends den Hofbauer recht spassig anschaute, da schwur dieser heimlich, er wolle bei seiner Wallfahrt Erbsen in die Stiefel thun, damit er gewiß hart gehe und alle Sünden abbüße.

In Anbetracht dessen, daß er seinerzeit den Loibl zu der Lumperei verführt hatte, war es nicht mehr als billig, daß er ihn auch zu der Buße überredete. Er that es so eindringlich, daß man schier auf den Glauben hätte verfallen können, es habe nicht blos die christliche Reue, sondern auch ein bissel Schadenfreude selbiges= mal den Hofbauer geleitet.

So viel ist gewiß, daß seine Ueberredungskunst Erfolg hatte.

Der Loibl ist überhaupt ein gutmüthiger Lapp im Vergleich zum Hofbauer und um ein gutes Stück ängstlicher. Er meinte sogar, man solle ein Uebriges thun und auf Kieselsteinen gehen, damit der hl. Rasso auch ganz gewiß die Herren vom Gericht mit Blindheit schlage. Es blieb jedoch bei den Erbsen, weil der Hofbauer erklärte, die thäten auch weh und das sei die Hauptsache.

Nach und nach ist dann der Mai gekommen. Den Loibl druckte sein Gewissen oder die Angst vor dem Herrn Commandanten und er erinnerte biemalen seinen Spießgesellen an das Gelübde. Der Hofbauer brachte allerhand Ausreden daher; einmal sagte er, daß er noch zu schwach sei und nicht aushalten könnte.

„Woaßt Loibl", sagte er, „mir hat a Kapuziner verrathen, daß aussetzen schlechter is, wia net anfangen. Dös that an hl. Rasso schö' verdriaßn, wann er do amol dö Freud hätt und es wurd nachher mittendrin wieder nix." Oder er sagte: „Loibl, es geht net; i hab erscht am letzten Sunnta a Todsünd beganga und was dös bedeut, werst selm wissen. Da muaß i zerscht beicht'n."

Endlich wurde die Geschichte dem Loibl zu dumm und er erklärte kategorisch, am nächsten Sonntag wallfahre er nach Andechs mit oder ohne Hofbauer. Zu zweit ging' es zwar leichter, aber hinausschieben thät er es deswegen auf keinen Fall mehr.

Als der Hofbauer sah, daß ihm alle Flausen nichts helfen könnten, that er einen langen Seufzer und sagte: „No, wia Gott wüll, i halt still. Roas ma halt auf Andechs!"

Der Sonntag kam, und es war ein wunderschöner Tag. Wär nicht der Hofbauer dabei gewesen, so thät ich sagen: der Himmel hatte offenbar ein Wohl= gefallen an den zwei frommen Pilgern. So muß schon ein anderer Grund da gewesen sein. In aller Früh um 5 Uhr wanderten sie zum Dorfe hinaus. Der Loibl fing schon beim letzten Haus das Hinken an, so daß die Felberdirn, welche heraussah, ihn darum anredete.

„Wo aus so zeiti, Loiblbauer? Feit Dir was, daß D' gar so krumm gehst?"

„Frag net so dumm und halt ander Leut net beim Beten auf!" antwortete für ihn der Hofbauer, welcher sich viel strammer hielt und mehr Duldermuth zeigte.

Dann ging die Wanderung weiter; rechts und links standen die Felder in voller Pracht, die Lerchen stiegen auf und ab und sangen, daß es eine Freude war, und im Zeidelfinger Holz schrie der Kuckuck so lustig, als wüßte er, daß Sonntag sei.

Der Loibl schlich langsam dahin; alle fünf Schritte fing er wieder das Jammern an: „Auweh, auweh! I thua g'wiß koan Zement mehr in's Mehl. Ah, Herrschaftseiten thuat dös weh!"

„Laß no net aus, Loibl", sagte der Hofbauer, „mir ham's gelobt und müaffen's trag'n. Jetzt is scho wia's is. Schau, mir war's jetzt aa liaber beim Unterwirth." In Herrsching wollte der Loibl einkehren, aber da kam er schön an. „Dös gibt's net, dös derfst net," sagte der Hofbauer „da war dö ganz Wallfahrt umasunst. Halt no aus, jetzt san man ja bald droben auf'm heilinga Berg."

„Dös werd Zeit sei," erwiderte Loibl, „o mei, o mei! I bin nur grad froh, daß ma koane Kiesstoana in d' Stiefel tho hamm."

„I aa," sagte der Hofbauer.

Jetzt stiegen sie langsam aufwärts durch das Kienthal. Als sie nur mehr etliche Minuten von Andechs weg waren, setzte sich der Loibl auf eine Bank.

„I muaß nomal rasten", sagte er, „meine Füaß brennen als wia s' helllichte Feuer."

Wie er nun langsam verschnaufte, sah er seinen Mitpilger an und wunderte sich, daß er gar so frisch und aufrecht dastand.

„Du", sagte er, „Hofbauer, i glaub alleweil, Du hast gar koane Urwesen (Erbsen) in Deine Stiefel nei tho?"

„Jo, Loibl, jo; was glabst denn, moanst, i that an heiligen Rasso a so betrügagen? Aber woaßt Loibl", setzte er hinzu und blinzelte ein Bissel mit dem linken Aug', „woaßt Loibl, i hab's zerscht g'sotten!"

* * *

Seit derer Zeit sind der Loibl und der Hofbauer die ärgsten Feind, das heißt, damit ich es recht sage, der Hofbauer wär nicht so. Im Gegentheil, er versichert oft, daß er den Loibl recht gut leiden kann.

DER TRUDERER

In Guglfing haben sie einen Truderer (Hexenmeister) draußen, ganz am Ende des Dorfes wohnt er; und wer's noch nicht weiß, der kann es genau lesen, denn die Schulbuben und die Mädel haben es überall hingeschrieben, an die Fensterläden, an die Thüren und an das hölzerne Häusel hinter dem Misthaufen.

Manch einer hat auch eine grausliche Zeichnung dazu gemacht oder einen schrecklichen Vers. Das war dann gewiß ein Bursche, der vom Wirthshaus heimging und dem geschwind noch der Witz eingefallen ist.

„In dem Haus wohnt die Trud,
Gib's Acht, daß dir's nichts thut",

oder so dergleichen; das Bauernvolk ist gar dichterisch veranlagt und es ist durchaus nicht zu wundern, wenn einer schnell einen Vers machen kann, besonders einen boshaften. Wundern möcht man sich blos, daß einer immer gleich die Kreide dabei hat, um den Vers recht sichtbarlich hinzuschreiben.

Aber freilich, wer einmal bis zu dem Truderer hinausgeht, der muß schon die Absicht haben, ihm eines anzukreiden; denn Wirthshaus ist keines da draußen und mit dem Kammerfensterln ist's auch nichts mehr, seitdem die Felberdirn fortkommen ist in die Stadt hinein in den herrischen Dienst.

Also der Wagner von Guglfing ist ein Truderer; eigentlich liegt das schon lange auf dem Haus. Sein Vater ist einmal erwischt worden beim Bilmesschneiden.

Der frühere Bürgermeister hat ihn heimkommen sehen, von den Getreidefeldern herein — spät in der Nacht. Und am andern Tage konnte man einen Streifen im Schuster seinem Weizenfelde bemerken, links und rechts davon waren die Aehren leer. Was das zu bedeuten hat, weiß jedes Kind in Guglfing. Wenn das Getreid' in die Blüthe schießt, dann reitet Nachts der Bilmesschneider auf einem schwarzen Geisbock durch die Felder; und wo der Bock die Halme streift, da fliegen die Körner aus den Aehren und fliegen in dem Bilmesschneider seinen Stadel.

Freilich, beweisen hat man es dem alten Wagner nicht können, wenigstens nicht gerichtlich; denn wie der Bürgermeister auf das Gericht gegangen ist und hat eine Straf haben wollen gegen den Frevler, da hat ihn der alte Landrichter etwas geheißen, was man nicht auf das Papier schreiben kann. Und der Hallobri, der Gerichtsdiener, hat ihn auch ganz „desperat" angeredet. „Lackl" war noch das Wenigste. Ja, das Gericht! Natürlich, was wissen denn die von einem Truderer? In der Stadt glauben's so schon bald nicht mehr an den Teufel. Da ist gleich ausg'redt.

Mit der alten Wagnerin ist es auch nicht sauber; die ist offenbar eine Hex. Wenn die über ein Stiegel steigt, macht sie jedesmal ein Kreuz; von dem Pointner seiner besten Geis hat sie einmal das Maß genommen; die hat das Schwinden gekriegt und lange keine Milch mehr gegeben. Und so vor zehn Jahren hat der Burghofer einen Schaden im Stall gespürt. Der ist aber ein Schlauer und hat gleich die Hexenbannerin von Rogling kommen lassen; die hat den Stall entzaubert und gesagt: „Fünf Häuser weiter weg, da wohnt die Hex, die es dem Vieh angethan hat." Und richtig ist es dem Truderer sein Haus gewesen.

Wenn wirklich Einer im Dorf gewesen ist, der die Wagnerischen für unschuldig hielt, dann ist er bekehrt gewesen von dem Tag an. Und dabei blieb es, auch als der junge Wagner von der Militari heimkam und das Häusel übernahm. Wie wär's denn zum Glauben, daß ihm die Alten die bösen Künst' nicht gezeigt hätten? Das macht den Guglfingern aber schon keiner weis, da sind schon Helle dabei. Freilich, sagen traut es ihm Niemand; der ist ein arg Grober und hat versprochen, er haut den Ersten ungespitzt in den Boden hinein, der ihm die Elternleut verschandirt. Und wenn er so einen Versmacher und Kreidenschreiber erwischt, dem streicht er die Lederne schön an.

Drum, weil er den Bürgermeister-Schorschl einmal so gebeutelt hat, gehen auch die Kinder nicht mehr recht nah an das Haus hin, wenn sie die „Wagnerhex" herausschreien. Könnten leicht Schaden nehmen von dem wüsten Grobian. Die

Erwachsenen aber und die Burschen reden halt ein bissel stiller, wenn sie über den Truderer etwas wissen und sind halt ein bissel vorsichtiger, wenn sie ihm mit der Bierkreiden das Häusel verzieren.

Neulich ist aber die verhaltene Wuth zum Platzen gekommen; der Bürgermeister hat das Blatt, was er sich sonst immer vor den Mund (wenn man hier so

sagen darf) genommen hat, fallen laſſen und hat einmal gehörig geſchrieen, ſchon
ſo geſchrieen, daß es Jeder hat hören können. Jeder! Das iſt ſo zugegangen:
Kauft da der Bürgermeiſter einen Ochſen; 600 Mark hat er gekoſtet, keinen Kreuzer
weniger, acht halb Schuh hat er gemeſſen, ſchön aufgehörnt war er und ſcheckig,
ein Prachtkerl! Wie ihn der Blaſius, der Ochſenknecht, heimgetrieben hat, iſt er
um einen halben Schuh höher geworden — nämlich der Blaſius; und wenn er
wirklich im Vorbeigehen den Hut gerückt hat, das hat ſchon ein großer Bauer ſein
müſſen; einen Gütler hat er gleich gar nicht angeſchaut. Und daheim iſt das halbe
Dorf gekommen, hat ihn bewundert und ihm in das Maul gelangt — nämlich dem
Ochſen — und nach den Zähnen geſchaut. Der Ochs ſteht drei, vier Tage im
Stall, auf einmal mag er nicht mehr freſſen, er hat nicht das Rechte. Der Bürgermeiſter lauft zum Meßner, der ſich auf das Vieh gut verſteht; aber diesmal kennt
er ſich nicht aus; auf und auf ſchaut der Ochs geſund her und doch frißt er nicht.
Da hat's was, und zwar nichts Gutes. Am End iſt der Ochs „angeſprochen"
worden und verhext, meint der Meßner und blinzelt ſo, als ob er ſagen wollt':
„verſtehſt Bürgermeiſter, aber ich mag's nicht verkünden, was ich weiß?"

„Verhext! Kreuz Birnbaum . . . Am End hat gar der Truderer . . Ja,
da ſoll doch ſchon gleich ein ſiedig's Donnerwetter dreinſchlagen!"

Aber das hat er bald heraus, — der Bürgermeiſter, dem muß er auf
die Spur kommen. Und richtig, er hat noch nicht ganz fertig geflucht, meldet
ſich das Gänsdirndl und ſagt: „jetzt ginge ihr ein Licht auf". „So? Ja wie denn?"
„Ja, geſtern iſt ſie auf der Brandlwieſen beim Hüten geweſen, da iſt der Truderer
zu ihr hinkommen." — „Aha!" — „Ja, und da hat er eine Zwieſprach mit ihr an-
gefangen." — „Und Du haſt Dich drauf einlaſſen, Du Malafiz . . aber nur weiter." —
„Ja, und da hat er gefragt, wie's dem Bürgermeiſter geht, hat er gefragt, und der
hätt' ja jetzt ſo einen ſchönen Ochſen gekauft? Und was für einen ſchönen!" ſagt ſie.

„Ja, und wie groß er denn ſei? Achthalb Schuh mißt er, ſagt ſie."

„Das iſt fein ſchon eine ſchöne Groß, ſagt er, und ſcheckig iſt er auch?"

„Jawohl, braun und weiß."

„Und wo er im Stall ſteht? Ja, zwiſchen der Pinzgerin und der Bleß."

„So, ſo, ſagt er und dann is er wieder gangen."

„So, da is er wieder gangen? Und Du kannst auch gehen, Lausbeandl; gleich gehst aus dem Haus, das wär' mir das saubere, im eigenen Haus den Judas haben! Komm mir nur nimmer vor die Augen!.."

„Meßner, da ham mer's ja! Aber wart' nur, jetzt gibt's koa Schonung mehr," so schimpft der Bürgermeister und rennt in der blinden Wuth zur Thür naus; der Meßner hinterdrein, die Bäuerin auch, auf der Straß' kommen die Nachbarn dazu; es wird ein schöner Haufen Leut'.

Zum Truderer naus geht der Zug, da stellen sie sich auf, und wie der Wagner herauskommt, fangt der Bürgermeister seinen Gesang an; der war nicht schlecht.

Ich mag es da nicht herschreiben, was er alles gesagt hat; die meisten Leser thäten es doch nicht verstehen, weil es gut guglfingerisch war, aber das kann ich sagen, wie der Bürgermeister aufgehört hat, war er schon so blau im Gesicht, wie seine Giletleiblweßten. Der Truderer hat nicht entgegen geschimpft; einen Narren muß man gehen lassen, hat er gemeint, aber schenken thät' er's dem Bürgermeister nicht; die Sach' thät' kriminalisch werden und er wird ihn advokatisch klagen.

Also nach und nach verlaufen sich die Leut', weil sich nichts Richtiges rührt, und begleiten den Bürgermeister heim. Der hat gleich nach der Roglinger Hexenbannerin geschickt und die ist noch nicht richtig beim Haus herein, hat der Ochs wieder gefressen. No, also! — — — —

Wie die Geschichte ausgegangen ist? Ja, man soll's nicht glauben, aber freilich heut zu Tag! Der Truderer hat wirklich den Bürgermeister advokatisch geklagt und um Ostern herum ist die Sach' kriminalisch geworden. Der Bürgermeister ist ganz unbesorgt in die Verhandlung gegangen; es kann ihm nichts fehlen, da kann er nicht wegen Beleidigung gestraft werden. Die Schuld von dem Truderer ist offenbar, das ganze Dorf kann es bezeugen und es langen keine Zehn, die einen Eid darauf schwören können. Also kann sich nichts fehlen, meinen's?

Gerade umgekehrt ist es gegangen. So eine Verhandlung ist noch gar nicht dagewesen. Was sie den Bürgermeister alles geheißen haben, der Oberamtsrichter und der Advokat, das steht in keinem Katechismus.

Die Bauern haben nur so geschaut; die mehrere Zeit haben sie nicht gewußt, ist von dem Bürgermeister seinem Ochsen die Red' oder von dem

Bürgermeister selber. Auf vier Füß lauft das, mit was sie ihn immer verglichen haben. Und zu guter Letzt haben sie den Bürgermeister auch noch verurtheilt; fünfzig Mark muß er zahlen und die Kosten.

   Ja, was ist denn jetzt das! Und dem Truderer geschieht nichts, aber rein gar nichts. Ja, ja, manchmal möcht' einem schon der Verstand still stehen. Und das Schönste ist, daß man den Truderer gar nicht mehr so heißen darf. Da muß man vorsichtig sein.

Das Sterben.

Es ist ein recht heißer Julitag.

Die Sonne brennt auf das weite Moos herunter, daß man die Luft wie über einem offenen Feuer zittern sieht.

Das kleine Häusel des Steffelbauern schaut in dem flimmernden Dunst noch unansehnlicher aus und wer das braune Strohdach betrachtet, der könnte meinen, es sei gerade von der Sonne geröstet worden und werde beim Zusehen dunkler.

Die zwei Birnbäume vor dem Haus stehen so müde da, als möchten sie am liebsten einnicken bei der schwülen Hitze und dem eintönigen Summen der Fliegen.

Sonst ist nichts Lebendiges um das Haus, was ihnen die Zeit vertreiben könnte, denn es ist alles auf das Feld hinaus zum Einbringen.

Oder doch nicht alles.

Im Austragstübel ist der alte Steffel und wartet auf das Sterben; und seine Bäurin, die Urschel, leistet ihm Gesellschaft.

Gestern noch, gegen den Abend zu, hat der Doktor vorgesprochen und beim Gehen hat er gesagt, er wollt' die Medizin herausschicken.

„Braucht's net," hat der Steffel gemeint, „i woaß scho, es geht dahi."

„No, no, Vater, hat ihn der Doktor trösten wollen, so schnell stirbt keiner, Du mußt net am Leben verzagen."

Aber der Steffel ist hartnäckig geblieben. „I kenn mi scho aus," sagt er; „dös sagen's bloß zu an Jed'n. I g'spür's selber, morgen geht's auf die Letzt."

Hernach haben die Weibsleute um den Pfarrer geschickt; der ist gekommen und hat ihm die Sterbsakramente gereicht.

Seitdem liegt der Steffel ruhig da und schaut zu der niederen Weißdecken hinauf.

Die Urschel sitzt am Fußende vom Bett und liest in dem großen schwarzen Gebetbuche die Bitten für einen Sterbenden.

Wie sie die Lippen bewegt und die Worte in sich hineinmurmelt, ist es das einzige Geräusch im Zimmer; sonst ist es so feierlich still wie vor dem Häusel.

Ein paar Sonnenstrahlen stehlen sich zwischen den Vorhängen zum Fenster herein und spielen über die blau geblümte Bettdecke nach den gefalteten Händen des Steffel hin, als wollten sie ihm noch einen schönen Gruß bringen von draußen, wo sie so oft mit ihm beisammen waren im Winter und Sommer.

Und es mag sein, daß es der Sterbende auch so versteht, denn er streicht mit den Händen über die Stelle, wo der goldgelbe Schein auf dem Bett liegt.

Sind alleweil gute Kameraden gewesen, er und die Sonne, und hat ihn allemal gefreut, wenn sie auch noch so heruntergebrannt hat.

Sie hat ihm oft geholfen, das Heu einbringen, und hat ihm das Korn gereift und den Weizen.

Ob es drenten wohl auch so ist, daß sie einen rechtschaffenen Wachstum haben und Arbeit für ein paar starke Hände?

Wenn es dem Pfarrer nach geht, nicht; der hat ihm erzählt, daß droben die Engel den ganzen Tag Harfen spielen und Hallelujah singen. Er hat es gut gemeint, aber dem Steffel war das kein rechter Trost. Vielleicht weiß es der Pfarrer nicht ganz genau, oder vielleicht machen sie bei den Bauernleuten eine Ausnahme?

Allzulang hält sich der Steffel nicht auf bei den überirdischen Dingen; er schaut wieder zur Decke hinauf und die Sonnenstrahlen zittern von der Bettdecke weg auf das Kopftüchel der alten Urschel und auf das große schwarze Gebetbuch.

Mit einemmal bricht der Kranke das Schweigen und indem er den Kopf herumdreht, sagt er:

„Bäurin, 's Mahl halt's beim Unterwirth."

„Ja, sagt die Urschel und hört das Beten auf, mi wern's beim Unterwirth halt'n."

„Und daß von be Leichentrager a Jeder seine zwoa Maß Bier kriagt, Bäurin. Net, daß hinterdrei schlecht g'redt werd."

„J will's Acht haben, sagt die Urschel."

„Beim Einsagen koan vagessen von der Freundschaft, daß s' a richtige Leich werd'," fährt der Steffel fort, und wie er sieht, daß seine alte Bäurin recht ernsthaft auf seine letzten Wünsche hört, kriegt er die tröstliche Ueberzeugung, daß seine letzte Sache auf der Welt mit Anstand und Ordnung abgemacht werden wird, und daß nichts fehlen wird, was einem ehrengeachteten Manne zukommt.

So viele Leute auch hinter seinem Sarge hergehen werden, es ist keiner darunter, der was Schlechtes von ihm behaupten kann; er ist Keinem was schuldig geblieben und Jeder, der an seiner Grabstätt vorbei in die Kirche gehen wird, muß ihm das Weihwasser geben.

Und wie er sich das Alles überlegt, sieht er sein ganzes Leben vor sich, als würd' es vor ihm aufgeführt und er wäre Zuschauer.

Arbeit und Lustbarkeit wechseln mit einander ab, aber die erste kommt öfter an die Reihe; Fröhlichkeit und Sorgen, Jungsein und Altwerden, und zwischenhinein immer wieder das Trachten und Mühen für das Heimathl.

Der Steffel merkt gar nicht, was für eine lange Reise seine Gedanken machen, aber die Urschel merkt es und sie zündet die Kerzen an, welche über dem Kopfende des Bettes auf dem Tische stehen.

Die kleinen Lichter brennen farblos knisternd in die Höhe und mit einemmal ist der Steffel am Ende seiner Reise angekommen; vor die Bilder schiebt sich eine große, dunkle Wand, und die Urschel betet jetzt laut das Vaterunser für die hingeschiedenen Seelen im Fegfeuer.

Draußen ist es Abend geworden. — Die zwei Birnbäume sind aus ihrem bleiernen Schlafe aufgewacht und schauern in dem leichten Luftzuge zusammen; ihre Schatten strecken sich über den Hausanger und die Wiesen hinauf zu dem Wege, auf dem jetzt der hochgehäufte Erntewagen herunterkommt.

Ende.